覆面作家は二人いる

新装版

北村 薫

角川文庫
21616

目次

挿画●高野文子

覆面作家のクリスマス

1

新妻千秋《にいづまちあき》。ペンネームだとしたら、時代がかった、今時流行《はや》らない名前だ。題がまた、ただ『クリスマス』とは、あまりにもそっけない。原稿の束を中封筒に戻して、聞いてみる。

「これが、どうかしたんですか」

「『クリスマス』プレゼントよ」

左近《さこん》先輩がそういって立ち上がる。茶碗《ちゃわん》を持っている。お茶をいれに行くのだ。民主的な職場だから、後輩のこちらがお茶くみをしたり肩を揉《も》んだりする必要はない。単に、ただ単に、こき使われるだけの話である。

「燃すんですか」

先輩は、灰色のロッカーに囲まれた編集室から出掛けたところで、首だけ振り向き、自分の肩越しに、

「馬鹿《ばか》ね」

嫌な口癖だ。こちらの肩は、がっくりと落ちる。

「——読むんですか」

溜息《ためいき》が出る。三日前まで新人賞の下読みの下読みで、有り難い生原稿と生活を共にしていた。《彼女はどーんどーんとあら波が打ちよせ魚が泳ぎながら日がカンカン照っているよい天気だった》といった文章や、最後に刑事が《殺人はあまりいいことではないから、これからしないように気をつけてください》と注意して去って行くような結末が、蟻《あり》の行列のように続いた。

一作だけ読んでいる分には面白くないこともない。どちらかといえば心やさしい男だから、むしろ愛情を覚えたろう。しかし、いくら鰻丼《うなどん》を愛している人間でも、それだけ三食、一年食べろといわれたら地獄である（左近先輩は、こういう限界状況を使った譬《たと》えを聞くのが大好きで、譬えられた現実の事態の方はさておいて《岡部《おかべ》君、それね、鰻丼の他《ほか》にはお茶と味噌汁《みそしる》だけだよ。三時に隠れてお茶漬《ちゃづ》けなんか食べてたら、絶対に許さないからね》と、目をきらきらさせて追い詰めて来るのである）。

読みがいのありそうな原稿を全部事前に取り上げてしまうのも、この先輩なのだ。

一目見ただけで作品のよしあしを見抜くその動物的勘については、編集長も認めている。おかげで、こちらには、これぞ入選作と思えるようなものは、まず回って来ない。量にしたところで一対九ぐらいだったと思う。《うんざり》という言葉の意味を知りたかったらこっちを見てくれといいたくもなる。

「古めかしい名前だなあ」

「悪い？」

そこで初めて体ごと振り返った。先輩のフルネームは左近雪絵《ゆきえ》である。

「いえ、とんでも――」

左近先輩はプリントのブラウスの襟に片手をかけながら、

「面白いわよ。そのハナシ」

「応募原稿ですか」

締め切りが過ぎてから、遅れて来た渡り鳥のように届く原稿もある。凄《すご》いのになると締め切り当日に数行の梗概《こうがい》だけ送ってきて、《以下、本編を待て！》などというのもある。そういうのは来年回しになるわけだ。

「そうじゃないみたい」

「ミステリですか」

「一応ね。宛名《あてな》だって《『推理世界』様》でしょう」

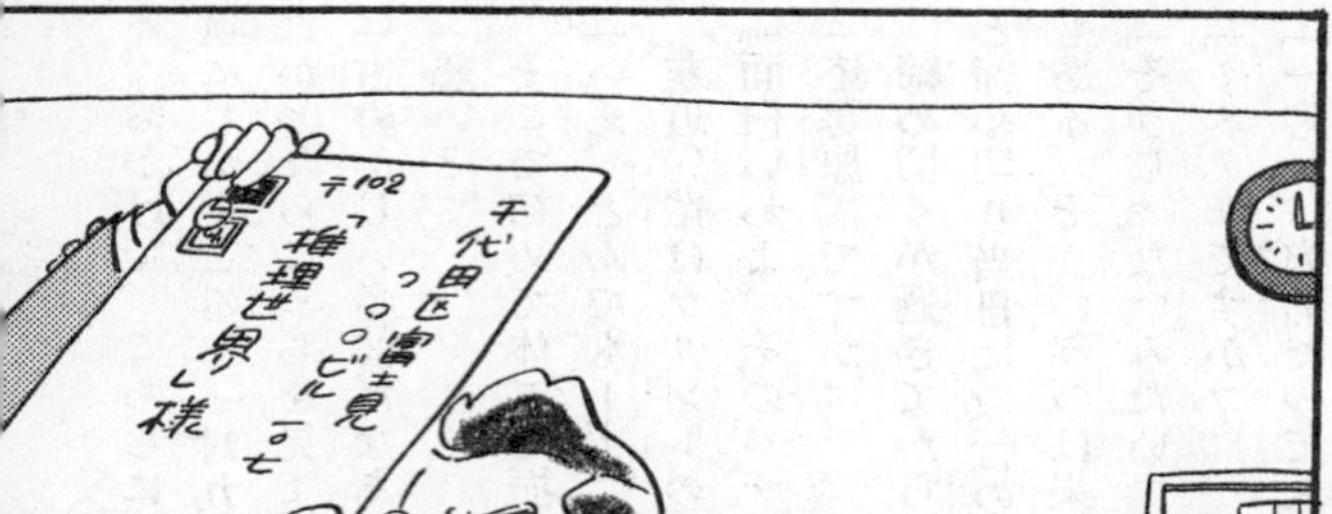

封筒を見返しながら、

「《編集部御中》じゃあないんだ。若い娘《こ》かな」

「《コ》って女ってこと」

「だって、《千秋》でしょう」

「分からないよ。わたしの小学校の同級生に男の千秋がいたもの」

思いがけないことをいわれた。

「そういえば、僕の高校の校長は千尋《ちひろ》っていいましたよ。男でしたけど」

「なるほどね」

「それから、この間来た

保険勧誘の人だって――」

左近先輩は、酸っぱいものでも嘗《な》めたように顔をしかめる。

「きりがないよ。岡部君ちに誰《だれ》が来たっていいからさ。とにかく、それ。それよ」

「はあ」と受けながらも、敬愛する先輩の批評眼に対する信頼から、「だけど、男か女かぐらいタッチで分かるんじゃないですか？」

「だから、読んでごらんなさいよ。それが妙なんだから」

「妙？」

「男なのか女なのか、若いのか年寄りなのか、うぶなのか訳知りなのか、まるで頓珍《とんちん》漢《かん》なのよ。カタカナで書いてトン・チン・カーンって感じ」

「ほう」

「だからね、今日早速読んで、明日行って来なさい。どんな相手か、分かるから」

こともなげにいう。

「ちょっと待って下さいよ。行くって、この千秋さんとこですか。そんないきなり」

「だって岡部君、明日は川島《かわしま》先生の原稿貰《もら》って来ちゃったら、後空いてるでしょ」

「それにしたって、男か女かぐらい、まずは電話で――」

「電話が書いてないのよ。番号案内で聞いても分からないの。世田谷《せたがや》だからさ、岡部君なら帰り道になるでしょ」これでけりがついた、というように行きかけて、また振り向き、「校正が上がってきてるから、見ながら電話番しててよね。皆《みん》な出ちゃってるから、わたし、しばらく動けなかったんだ。そうそう、岡部君も改名して主水正《もんどのしょう》とでもしてみたら、きっと似合うわよ」

今の良介《りょうすけ》で結構だ。

2

それにしても、送られてきた原稿にこんなに早く対応するというのも異例である。

夕方はあれこれ忙しく、食事も作家先生のお相手をしながらだったので、取り紛れて忘れていた。帰りの電車でうまく座れたところで千秋サンのことを思い出し、早速膝《ひざ》の上に封筒を出してみた。宛名は万年筆で書かれた骨太の文字、どう見ても男の手跡《て》である。原稿の方はワープロ、これは読みやすくて助かる。

目を通してみると、なるほど面白かった。着想といい展開といい、非凡である。先輩が脈があると思った気持ちはよく分かる。ただ、ところどころ確かに妙なのである。パソ通のメールというものが何なのか分かっていなかったり、突然世にも難しい言葉が出てきたり、取って付けたような手順（！）のおかしなベッドシーンがあったりする。

「何だ、こいつは」

最後の一字を読み終えたところで、声に出してしまい、隣のおばさんに変な顔をされた。ともあれ、明日が楽しみになった。

我が家は、東京もかなりはずれに近い。駅からさらに十分ばかり歩く。環境はいい。緑は豊かだし静かである。難をいえば隣が全寮制の女子高であることぐらいだ。晴れて風のある日にはグラウンドから砂が舞い上がって飛んで来る。

校長はその方面では、かなり有名な人物である。何しろこの女子高というのからして、いわゆる高校ではない。卒業しても高卒の資格は取れない。つまり、規定の科目を教えてはいないのだ。例えば音楽という枠の代わりにピアノやらバイオリンやら琴三味線があり、取る取らないは自由。小説を書いていたり、メロンを作ったり、あるいは専門学校でやるようなことを教えていたりする。それぞれに教師を確保するのだから、大変な金がかかる。というわけで、生徒は日本各地の《お嬢様》が多い。

進学の方は大学検定を取らしてしまうし、名門予備校の講師による受験向けの授業もある。殆《ほと》ど全員がそれも選択しているようだ。だから高校ではないのに、進学率は悪くない。

服装も自由ということなのだが、世界的デザイナーの手になる標準服があって、殆どの生徒がそれを着ている。学校が有名になると、娘の方は入ってエリート意識を満足させようと思うし、親の方はあそこに入れておけば間違いないと思い、中には預けたまま三年間世界旅行に出掛けてしまう両親もいるという。

さて、その校長だが眼鏡《めがね》の似合う評論家めいた五十代の女性で、偶然道で出会ったことがある。驚いたことには、こちらの顔を覚えていた。

「お隣に、あなた様のような方が住んでいらっしゃると、何かと心強いですわ」

お愛想をいい、《ほほほ》と笑う。こちらは《いや、何》などと馬鹿のようにへらへらしていた。《推理雑誌の編集者がいるのが何で心強いのだ》と思われるだろう。これは向こうが間違えているのである。実は《こちらの顔》は二つある。双子の兄貴がいて、そちらが親の仕事を継いでいる。何と警視庁の刑事なのだ。

そこで自分の名前の良介だが、これは響きも悪くないし、単独で置いておく分には結構なものだと思っている。ただし、兄貴のと二つ並べられると、少しばかり親に文句もいいたくなる。

兄貴は優介《ゆうすけ》というのである。

3

まあ可介《かすけ》や不可介《ふかすけ》でなくてよかったと自らを慰めている。この兄貴が何かとうるさい。

「お前も、後二、三年したら三十なんだから、そろそろ身を固めることでも考えろ」

こんなことを真顔でいう。家長としていっているのだろうから、まことに有り難いお言葉だが、よく考えれば（考えなくったって）双子なんだから同い年なのである。

家に着いたのは十一時近くなっていた。ところが、その家長がいない。女子高の正門の前を通って来たが、そういえば闇《やみ》の向こうに赤いランプの点滅している車が何台か止まっていた。《お兄さんがいないとおうちが広くて恐《こわ》くて寝られない》なんて可愛《かわい》い年でもないから、風呂《ふろ》に入ると布団をかぶってすぐ白河夜船となってしまった。

翌朝、ストーブに火を点《つ》け、顔を洗い、冷蔵庫から塩辛を出した。一週間ほど前、仕事で輪島《わじま》に行った時、宿屋で食べた塩辛が柚子《ゆず》の香りがほのかにして絶妙だった。一壜《びん》買って来て、このところ毎日食べている。左近先輩に話したら、なくなるまでそれだけ食べて、なくなったら次のを考えるというのは、いかにも男所帯らしい食生活だといわれた。それを食卓に置き、兄貴の顔を見て、ふと思い出した。

「昨日のあれ、何だった？」

女子高の方角を指さしながら聞くと、兄貴は渋い顔をした。

「警察の者がだ、たとえ肉親にでも捜査の秘密を明かせるものか」

そういいながら、いつでもしゃべる。今回も、もう一押ししてみた。

「ま、そこを一つ。近所の者が世間話として話すという――」

「それもそうだな」

むちゃくちゃである。兄貴は顎《あご》を撫《な》でながら、

「――昨日、ここでお茶を焙《ほう》じていると電話が鳴った」兄貴は焙じ茶が好きで、それもどこで買って来たのか小型の蓋《ふた》付きフライパンといった専用の器具で、いれる直前に焙じるのである。「八時五十七分と三十五秒ぐらいだったな」

「ぐらい、だったら五十七分ぐらいでいいだろう」

「そこが緻密《ちみつ》なところだ」わけが分からない。「聞いて驚いたよ。お隣で殺人事件だ

とさ。警察より先に、まずうちにかけてきたんだから、頼りにされているんだなあ」

遠くの親戚《しんせき》より近くの他人、といったところだろう。それにしても穏やかではない。

「殺人、女子高で？」

「ああ。行ってみると、何でも明日の土曜にクリスマスをやるとかいうんで、寮のあちこちに飾り付けがしてあってなあ。まったく人殺しなんて雰囲気じゃあなかったな」

「クリスマスって、まだ一週間ぐらい早いだろう？」

「二十四日じゃあ、もう冬休みになってるからな。全寮制でも長い休みには相当の人間がいなくなるし、年末年始だからなおさらさ。それで早めにやっちまうんだ。もともとが生徒の発案で四、五年前から始まったらしい。ステージで有志の劇があったりして、その後パーティがあるそうだ。各自が小さなプレゼントを用意しあってな、サンタクロースの扮装《ふんそう》をした三年生がそれを配って歩くそうだ」

「髭《ひげ》、つけるのかい？」

「ああ、髭つけて、大きな袋を肩にかけ――」

「大黒様が来かかると」

「茶化すんじゃない」睨《にら》まれると、鏡の向こうから凄《すご》まれているようでおかしな気分だ。

「とにかく、今年のサンタに選ばれた三年生は、明日に備えて扮装のテストをしていたところらしかったよ。プレゼントの方も全員分集まったそうで、もう袋に入れてあった」

「プレゼントがどうかしたのかい」

「勘がいいな。まさにそこに謎《なぞ》があるんだ。もっとも問題のプレゼントは、袋の中のやつとは別なんだがな」

「というと」

「袋に入れるのは金額にしても五百円以内の、ほんのお印なんだ。それに、サンタが配るから、誰のところに行くか分からない。だから、特定の誰かに贈り物をしたい時は別に作って手渡すしかない」

「ほう」

「殺された美良《みよし》という生徒は、後輩から兎《うさぎ》の飾りのついたオルゴールを貰っていた」

「それで？」

兄貴はニヤリとした。じらすのが好きなのである。

「ま、塩辛、食えよ」

4

「現場は寮の一室さ。殺されたのは美良里美《さとみ》、三年生。眉《まゆ》のはっきりした勝気そうな子だ。下級生には人気があったらしい。芸大の美術の方を希望していた。先生の話じゃあずば抜けた力を持っていて、先方に見る目さえあれば合格間違いなしだったそうだ。その子が皮肉なことに、陶芸の授業の時自分で焼いた自慢の壷《つぼ》で、頭を割られて死んでいた。打ち所が悪かったんだな。突起の部分がちょうどまずいところにあたったらしい。血はそんなに出ていないんだが殆ど即死に近いような状態だった」

夜の女子寮が舞台としたら、おかしな話だ。

「同じ部屋の友達がいるだろうに、どうしていたんだい？」

「それが今話した通り、明日がパーティだろう。ルームメートは三人いたんだが、全部余興の劇の出演者でね、ステージの方に行っていた。十二時頃まで揃《そろ》って仕上げの練習をする筈《はず》だったらしい」

「するとその、里美さんは、ずっと一人だったわけだ」

「夕食の後はそうだった」

「部屋には誰でも入れたのかな」

「ああ、まだ帰ってくる連中がいるからな。ドアに鍵《かぎ》はかかっていなかった」

「関係者とすれば、部外者の犯行と思いたいんだろうなあ」

「それはそうだ。この上、学校の中から犯人まで出たらたまらないからな」

「――で、さっきのプレゼントの子の話になるのかな」

「そうだ。この学校は三十人のクラスが学年で四つという編成でね、とにかく人を集めて五十人以上のクラスを作るような私立とはまったく逆なんだな。その代わり五倍ぐらいの金を取ってるわけだ。それで行動の中心になってるのが縦割りのクラスで、何かというと各学年の一組なら一組、二組なら二組がスリーカードみたいに集まって、集団でいろんなことをやる。それだけ先輩後輩のつながりも強くなるというわけさ。で、その縦割りクラスが一緒だった北条友佳《ほうじょうゆか》という一年生が、美良のファンでね。七時頃に、綺麗《きれい》にパッケージしたプレゼントを持って、部屋を訪ねているんだ」

「誰かが見たんだ」

「いや、《何でもいいから情報を》という連絡を流したら、話したいことがあるといって北条友佳、当人がやってきた。食堂で事情を聞いたら、泣きながら説明したんだよ。そこで、皆な、首をかしげてしまった」

「どういうことだい」

「いや、そこまでは恨みか物盗《ものと》りか皆目分からなかった。しかしだ、ここで、はっきり盗られたものが分かったんだ」そこで兄貴は椅子《いす》の背にもたれ、ゆっくりといった。

「ま、お茶でも飲めよ」

こんな山場でのんびり構えられてはたまらない。

「その北条友佳の《オルゴール》が、どこを探してもなかったというわけだ」

兄貴はしばらく、こちらの顔を見ていたが、やがてぼそりといった。

「お前だったのか」

疲れてしまう。

「そんなの、小学生にだって分かるじゃないか」

兄貴はごくりとお茶を飲んだ。

「うむ。ま、動揺するようなら本当にあやしいというわけだ」

「兄貴はいつも、そんな調子で取り調べをやるのかい」

それには答えず、

「しかし、俺達が首をかしげたというのは分かるな？　どうして《兎のオルゴール》を盗っていったのか。いいか、他になくなっているものは何もないんだぜ」

「確かなのかい」

「ああ。現場に争った跡はあった。机の本や飾りが床に落ちたりはしていたが、消えたものは他にない」

「となると、わけが分からないなあ」

「そうだろう。よりによって人を殺した後だぞ。一刻も早く逃げ出したい筈だ。そんな差し迫った時に持って行ったんだから、犯人にとってその《オルゴール》は絶対に必要なものだったんだ。しかしなあ、どうしてそんなものが必要なのかとなると見当もつかん」

「一歩進めればだよ、そいつを奪うために殺したのかもしれないじゃないか」

兄貴は大きく、目を見開いた。

「馬鹿な、《オルゴール》のために人を殺すなんて。それとも何か、お前、そう考えたらうまく説明が出来るのか」

「——いや、そりゃあ無理だけど」

兄貴は、どんと机をたたいた。塩辛が揺れた。

「こいつ、捜査を攪乱《かくらん》するんじゃない」

5

安物のハーフコートの襟を押さえたくなるような寒さだった。そこへ持ってきて《新妻千秋》の住所というのが、どこの駅からも等距離といった感じなのだ。それでも場所が世田谷だから、たかが知れている。アラスカでなくて本当によかった。

長い煉瓦《れんが》塀の角を曲がったところで、切り付けるような北風が襲い掛かってきた。反対側は丁目が違うから、こっちを当たればいいのだろう。目を細くしながら歩いていると明治の元勲でも住んでいそうな塀の向こうから、水晶の珠《たま》を転がすようなピアノの響きが聞こえてきた。のんきなものである。その家の門が、しばらく歩くとある。住所でも出ていたら探す手掛かりになるだろう。

延々と歩いて門に着いた。何とこの一区画を一軒で占めているらしい。信じられない。顔を上げて見回すが住所表示がない。舌打ちして行きかけたところで、表札のいかにも値のはりそうなナントカ石に刻まれた二つの文字が、最後の最後に目に飛び込んだ。

――新妻

「嘘《うそ》だろう、おい」

だいぶ傷んだ鞄《かばん》から、地図を出し世田谷を当たる。どうもこことしか考えられない。《嘘だろう、おい》をもう一回繰り返してしまった。ミステリの原稿を書いて送ってくるような人物は、もう少し慎ましい生活を送っているような気がした。

地図をしまい、呼吸を整え、ネクタイの襟元を締めなおしてから、ベルを押した。スピーカーからカチャリと音がする。見上げるとカメラがこちらを見下ろしている。

「どちらさまですか」

こもったような中年女の声がした。

「世界社の者ですが」

「はあ?」

「世界社です。雑誌の、ほら『文芸世界』とか『女性世界』――」

「お断りします」

にべもなくいわれた。世界社が押し売りに来るものか。よっぽど引き返そうかと思ったが、左近先輩に怒られるのも口惜《くや》しい。

「違うんです。あの、千秋さんはいらっしゃいますか?」

「お嬢様?」

壁に投げたボールが跳ね返るような反応があった。おかげで謎《なぞ》が一つ解けた。《千秋サン》は女だ。

「あなた、どなた？」

「ですから、その『推理世界』――」

そこで向こうの声が乱れた。何人かが話しているような様子があってから、抑揚のない低い声に替わった。

「失礼いたしました。『推理世界』の方でいらっしゃいますか」

ほっとする。

「はい」

「お嬢様のお原稿のことでございましょうか」

「そうです」

「つまり、ご採用いただけますので？」

さあ、これは困った。

「それは、これから検討させていただくのですが、何はともあれ」一瞬考え、「まれに見る才能と思います」

低い声が陰鬱《いんうつ》に答える。

「なるほど」

爪先《つまさき》立ちになってカメラの方を見ながら、ここぞと声を張り上げた。

「ぜひ一度お伺いしなければと思いましてっ」

「――それでは、少しお待ち下さい」

何だか昔話の登場人物にでもなって魔物の宮殿に入るようだ。

やがて門が開き、和服の女の人が《こちらへ》といった。掃き清められた道が木々の間を縫って続いている。ピアノの音がだんだんと近くなる。聞いているうちに、ぞくっとした。やがて調べは止んだ。

苔《こけ》に覆われた石人像の横を折れると、明治村にでも来たような、二階建ての西洋館があった。壁は年月を経たクリーム色に近い白、幾何学模様を作っている柱と窓枠は薄緑に塗られている。コの字形にへこんだところが玄関だった。

天井が高い。昔なら中は冷え冷えしていたのだろう。今はエアコンがきいて春のようだ。コートを渡したところへ、五十ぐらいのがっしりとした正装の男が顔を出した。

「失礼いたしました」

厚い唇から漏れたのは、先程の低い声だった。

「いえ」

「実は小説の件は、お嬢様とわたくしだけの秘密でございまして」

「あの、あなたは？」

「これはわたくしといたしましたことが、申し遅れまして大変失礼いたしました」どういたしましてと、いいたくなる。「赤沼《あかぬま》と申します。執事でございます」

《本物の？》とき返したくなった。執事なんて鳳凰《ほうおう》みたいなもので、生きて動いているのにはお目にかかれないものとばかり思っていた。背はこちらとほぼ同じで、年代を考えると高い方だ。髪を綺麗に撫《な》でつけているのが、いかにもそれらしい。もっとも人相は、執事というよりボクサーくずれといった方が似合いそうだ。風格があるとはいえない。ふと思い付いて、

「封筒の宛名をお書きになったのは、あなたですか」

「はい。手近にありました本で住所を見させていただきました」

それならあの無骨な字体も納得出来る。同時に執事なら《御中》ぐらいは書きそうなものだとも思う。

「《お嬢様》はこういったものをお書きになるのは初めてですか」

「さようでございます。ただいま御案内させていただきます」

執事氏は先に立って階段を上った。手すりも太く重厚である。廊下の絨毯《じゅうたん》も足がめ

り込みそうだ。

「ピアノが聞こえましたが」

「はい。お嬢様でございます。このところ凝っていらっしゃいまして」

「このところ？」

音楽には、ましてクラシックにはまったくの門外漢だが、それでもあの響きは並みのものとは思えなかった。美しいところは美しく、哀切な部分は胸をえぐるようだった。昨日今日の練習で、あんな音が出せるわけがない。ところが執事氏はこともなげにいう。

「三月ほど前に突然、街でピアノを買っていらっしゃいまして。はい」

コンビニエンスストアーでキャンデーでも買ってきたような調子だ。

「それで——今があれですか」

「さようで」

「どなたかに就かれて？」

「いいえ、お一人で。何せ、——あのお嬢様でございますから」

一人で頷《うなず》きながらの言葉だった。聞き返そうとした時には、大きなドアの前まで来ていた。相変わらずの重い声がいった。

「こちらでございます。お嬢様は大分緊張なさっていらっしゃいます。お話の間は誰も来ないようにとおっしゃっておいでで。飲物などはもう用意させてあります。あの、つきましては——」悪役めいた顔に子供のような懇願の表情が浮かんだ。「その、お嬢様は、何と申しますか、——非常にデリケートな方でいらっしゃいますので、そこのところを一つよろしく」

言葉に気をつけろというのだろうか。嫌な予感がした。とんでもない不愉快な女が待っていて、何か一言いったとたんに唇の端をピクピク震わせテーブルのボタンを押す、途端に屈強なボディーガードの集団が現れ、一昨日《おととい》おいでとたたき出される。頭をかすめたのは、そんな空想である。

だが、その時にはもうドアは開いていた。

「お嬢様、『推理世界』の方がいらっしゃいました」

6

部屋は二十畳分ぐらいはある洋間だった。窓枠と同じ薄緑の地に枯草色の模様の入った絨毯が敷き詰められ、左手には飾りの暖炉、右手には（街でひょいっと買ってきたらしい）黒光りするグランドピアノ、そして中央には丸テーブルとふっくらしたソファーが置いてある。格子に切った天井からは大きなシャンデリア型の照明器具が下がり、部屋を明るく照らしていた。

「――ありがとう」

細いがよく通る声がした。部屋の主は窓際にたったまま、暗い外を見ている。開かれたカーテンは幸せそうな蜜柑《みかん》色だった。

執事氏は一礼して去って行った。軽く咳《せき》ばらいして中に入る。舞台がわざとらしいから、こちらも芝居っけが出てしまうのだ。

「失礼します」

窓際に立っていた後ろ姿は黒のワンピース、腰に金色の鎖のベルト、ロングの髪が肩の辺りから緩やかにウェーブしていた。それが、こちらの声に、意を決したというように振り向いた。見えた顔は、ご当人のピアノの調べどころではない。思わず絶句するほどの可憐《かれん》な美貌《びぼう》である。実際、ぽかんと口を開け心の中で三度目の《嘘だろう、おい》をいってしまった。

《お話みたいだ》というけれど、近頃は小説の中でも金看板御免正札付きの美人にはあまりお目にかからない。煎餅《せんべい》がうまい、という人もいれば、ポテトチップに限るという人もいる。しょせんはその基準にしたところで、当人の好みの問題である。しかし、目の前のこれを見たらもうお手上げだ。

「どうぞ、お座り下さい」

そういうお嬢様が浮かべているのは歯医者の前に立った女の子のような、べそをかきそうな表情である。自分が恐喝に来た悪者に思えてくる。

「は、はあ」

あわてて座ると、手ずから紅茶をいれて下さる。

色白の顔がつやつやしているところは、子供の肌を思わせた。睫毛《まつげ》の長い瞳《ひとみ》の大きな目は、真剣にカップに注がれる琥珀《こはく》色の流れを見詰めている。神経を集中しようとしている様子が何とも可愛い。化粧っけのない顔だが、色白なので唇の輪郭がはっきりしている。ルージュなどいらない形のいい口元だ。着ているものの趣味より中身の方が若そうだ。二十《はたち》前後だろう。

「あ、あの、お作を読ませていただきました」

思わず知らずぼんやり見とれている自分に気が付き、急いで名刺を差し出しながらいうと、千秋さんはびくりと手を震わせた。

「……お羞《は》ずかしいものを」

まるで、うぶな二人のお見合いである。こちらの視線を避けながら差し出したカップが受け皿の上でカチカチいっていた。評価を聞くのが恐いのだ。

「とんでもない。まともでは──」アワワと口を押さえる。「いや、なかなか普通ではない珍しい感覚です。ぜひ伸ばしていただきたいというのが、編集部一同の意見です」

いい切ってしまう。概してものを書こうなどという人種はプライドが高い。コンテストに応募しただけで《掲載はいつか》と問い合わせてきたり、発表の後《落としたのは政治的意図によるものだろう》などと本気で抗議してくるつわものまでいる。裏返せば呆《あき》れるほど傷付きやすい。この娘などはその典型だろう。つぶすのは簡単だ。そこをどう育てるかが腕の見せ所である。

過ぎるぐらいに誉《ほ》めてから原稿を出し、具体的な問題点をチェックした。千秋さんはようやく落ち着いたらしく、飾り暖炉の上からペンと紙を取り、一々メモをとった。素直に聞いてくれるので気持ちがいい。

ちらりと見詰めてはメモの上に視線を落とす二重の目が、いかにも利口そうだった。一方で口元の愛らしさは夢を語るようだった。

最後におかしな濡《ぬ》れ場について、《なくてもいいか、あるとしても一行で片付けられるのではないか》というと、千秋さんは嘆息した。

「だって赤沼が《ああいうところがないと読んでくれない》というんですもの」

「いや、作者が必要ないと思うものを書くことはありませんよ」

千秋さんはペンを置き、紅茶のカップを手にとる。

「……やっぱり変だったんでしょうか。あれでも資料には随分あたったんですよ」

「資料？　何を読んだんですか」

「百科事典です」

7

紅茶をいただく。

ティー・カップは白い。開きかけの蕾のように、口の方がややすぼんでいる。変わった形だが、それが可愛らしい。手描きらしい花が幾つか、艶《つや》やかな白地に踊っている。取っ手は、小枝を模したものだ。

お嬢様の緊張がほぐれるにつれて、こちらもくつろいでくる。気楽な調子で話し掛けられるようになった。

「電話帳には番号を載せないんですか」

「ええ、かけるだけでいいんです。かけてくる人はいませんから」

隠者のようだ。

「どうしてまた、小説を書く気になったんですか」

「お金がほしかったんです」

真顔で答える。

「冗談でしょう」

ピアノを売ればいいだろう。

「本気なんです。わたし、自分でお金を稼いだことがありませんから」

「アルバイトでもしたらどうです」

「いえ、わたし」さみしそうな顔をする。「——そういうのに向いていないんです」

かもしれない。

「内気なんですね」

一瞬、お嬢様は口ごもる。

「そういうわけでもないんですけど……」

「とにかく、もう一つか二つ書いてごらんなさい」

「載せていただけるんでしょうか」

「それはあなたの努力しだいです。でも、捨て難い個性を持っているんですから、それが強みですよ。可能性は大いにあります」

「あの、載せていただけるとしたら、名前の方は《匿名希望》にしていただけますか。家のものには知られたくないんです」

「だったらペンネームをお使いなさい。まさか《匿名希望》とはいかない」

「でしたら」お嬢様は、ちらりと名刺を見て、「――岡部良介ではどうでしょう」

乱暴な人だ。

「それも悪い名前じゃありませんが、しかし、どうもね。別なのをお考えなさい。ところでそうなると写真も駄目ですか」

「写真？　どうして小説に写真なんかいるんです」

「そりゃあ、あった方が絶対得ですよ」

首をひねっている。

「親近感がわくんですか」

「まあ、そんなものです」

「でも、嫌いなんです。五、六歳の頃から後は撮《と》っていません。カメラを向けられると、わたし……壊してしまう癖があるんです」

「はあ?」

「呆れました?」

「いや、信じられないだけです」

《それほど嫌いだ》というレトリックなのだろう。話題を替えて、左近先輩も口にしていた作中の《論理》について触れてみる。

「ああいう、一風変わった理屈というのは、どうやって考え出すんです」

「変わっていますかしら」

「そう思います」

「でも、何かしら奇妙な出来事があったとしますわよねえ、誰だって《はてな》と考えるでしょう。それからそれへと糸を手繰っていったら、自然と一つのところに行き着くんじゃありません?」

「それこそ理屈ですよ」

「そうでしょうか」

どきりとするほどあどけない、きらきらした瞳で見詰める。これは納得のいくような実例をあげねばなるまい。

「例えばですよ。三日前に取材で美術館に行ったんですよ。その帰りに駅の近くまで来たら、建物の裏口のところでトラックから荷物を降ろしているんです。勝気そうな女の人が指示していました。その人の荷物らしいんです。見る気もなく前を通り過ぎたんです。そうしたら何かのはずみでしょうねえ、ちょうど僕の足のすぐ近くで、置かれた黒いトランクの蓋《ふた》がぱっかり開いてしまったんですよ。中から、何が出て来たと思います？」

「さあ……」

「鞭《むち》ですよ。黒い太い鞭です。《動物園の人かな》とも一瞬思いましたけど、サーカスならともかく、動物園だってそんな鞭なんか使わないでしょう。ね、これなんか、わけが分からないでしょう」

お嬢様は首を愛らしく傾け、不思議そうにいった。

「どうしてです？」

8

目をぱちくりさせてしまった。

「わけが分かりますか？」

「ええ。あなたがいらしたところは上野《うえの》の文化会館の側《そば》でしょう」

今度は目を見開いてしまう。

「どうして分かるんです」

「だって美術館の帰りですよ。そしてすぐ動物園を連想なさったんですもの。二つ合わせたら、いかにも上野じゃありませんか。駅の近くの建物っていうのはいっぱいあるでしょうけど、一番先に浮かぶのがＪＲの目の前の文化会館です。それだと催し物のための搬入搬出があるでしょうから、筋が通ります。あそこはクラシックをよくやるでしょう」

そして紙に何かをさらさらと書き、部屋の隅のマガジンラックからタウン情報誌を取り上げた。

「三日前の演奏会に、これがなかったかどうか見ていただけます？」

紙と雑誌を一緒に渡す。狐《きつね》につままれたようになりながら、ページをめくり突き合わせてみて驚いた。

「いかがです？」

「ありました」

どちらにも《『ピアノ協奏曲ト長調』（ラヴェル）》と書いてあった。

「やっぱり」

千秋さんは、ぽんと手を拍《う》ち、花が咲いたような嬉《うれ》しい顔をした。

「どうして分かるんです」

「だってラヴェルの『ト長調』は鞭の一打ちで始まるんですもの。それだと全部がぴったり合うんです。その女の人は、パーカッションの人なんですよ」

あっと思いながらも口惜しくなる。あれこれ指導しているのは、こっちなのだ。小娘に教えられるのは本意ではない。口をとがらし、

「そんなのは推理じゃなくて、知識じゃありませんか」

お嬢様は動きを止め合わせた手をそっと離すと、いじめっ子にいじめられたような哀《かな》しそうな顔をした。

「……知識を結び付けるのが、頭の働きじゃないでしょうか？」

まるで悪いことをしたように、おずおずと聞いた。

いけない、いけない。左近先輩がいたら、叱《しか》り付けられるに違いない。子供なのはこっちだ。考えてみれば、幾つかのことを整理し、たちまち形をつけてしまうこのお嬢様の能力というのは、実は希《まれ》に見るものなのかもしれない。

「失言でした。そういわれればまさにその通りです。前言は撤回します。いや、あんまり、びっくりしたもので」

そこで思い出したのが、昨日のクリスマス・プレゼントの件だ。

兄貴が捜査の経過についてぺらぺら話すというのも、前提として信頼があるからだ。こちらから他人には、拷問にあおうとも洩《も》らさないという暗黙の了解があるのである。

さて、今までは勿論《もちろん》そうであった。しかし、この場面での誘惑にはちょっと勝てそうにない。お嬢様の特別な頭は、あのおかしな問題を聞いた時、一体どんな風に動くのであろうか。

「それでは――」と、勿体《もったい》ぶって話を切り出した。「もう一つ考えていただいてもよろしいですか。今度のは正真正銘の殺人事件です」

「殺人事件？」

千秋さんは目を丸くする。

ことは大きい。順を追って落ちのないように、話していった。お嬢様の顔は次第に難しいものになる。話し終えた途端に、待っていたように質問された。

「殺された美良さんという人は、プレゼントを、貰《もら》ったその場で開けたのでしょうか」

タウン
ロード

「さあ、それは分かりません」

「だって、ポイントはそこじゃありませんか。もしも、気にもせず封も切らずにその辺に出しておいたとするなら――」

お嬢様は、さっと立ち上がった。

「どうしたんです」

「ああ、こうしてはいられないわ」

飾り暖炉に近付きどこかに触っていた。それが合図のベルだったらしい。ノックの音とあの重い声がした。

お嬢様は早速、執事氏を呼び入れると、もどかしげにいった。

「出掛けます。支度をお願いします」

9

赤沼執事はうめくようにいった。

「しかし、もうしばらく外にはお出にならないと――」

「約束しました。けれども人の生命がかかっているのです。自分の都合をどうこういってはいられません」

執事氏の薄い目は、じろりとこちらを見る。

「お嬢様のお原稿が、人の生命にかかわるので？」

「いや、違いますよ。それとこれとは話が別なんです。僕にも何が何だか、よく分からないんです」

「とにかく、着る物を。ね、お願い」と千秋さん。

「お車は？」

お嬢様は、ほうっと溜息《ためいき》をついた。

「田代《たしろ》が嫌がるでしょう」

「とんでもございません。田代も忠義者でございますから」

「いいの。わたし、本当に反省しているんですから。それに、車より歩く方が好きなんです。だから気にしないで」

奇妙なやり取りだ。車の中で酔いでもしたのだろうか。執事氏は口をへの字に結んでいたが、やがて、《やむなし》というように首を振り、

「分かりました。用意いたさせます」

意外なことになるものだ。十分前には思ってもいなかった展開である。しかし、こ

れほどの美貌の令嬢が相手となれば、どこに出掛けるにしろ、嬉しくないことはない。

原稿の方はコピーもとってあるので置いていくことにする。千秋さんは着替えに姿を消した。

しばらく皿のクッキーをつまみながら、《帰りにはお茶ぐらい飲むことになるだろう。新宿《しんじゅく》か、あるいは銀座《ぎんざ》にでも》などと事件とはまったく関係のないことに頭を使っていると、執事氏が苦り切った顔で戻って来た。

「お恨み申し上げますよ」

「いや、僕は何も御迷惑をおかけするつもりじゃあなかったんですが」

「分かっております。しかし」と、首を振り、「――何せあのお嬢様でございますから」

「大分、内気なようですねえ」

執事氏は左右を見回し顔を近付けてきた。水族館で巨大な魚が近付いてくるようだ。

「そこでございます」

「はあ？」

「お嬢様は、何と申しましょうか、――非常に複雑な方でいらっしゃいますので、何分ともお気を付けくださいますようお願いいたします」

勿論、この家の門前まで責任を持って送り届けるつもりだ。執事ともなれば、責任上箱入り娘のことが心配でたまらないのだろう。

「分かりました。その点は御心配なく」

こちらが請《う》け合っても、まだ難しい顔をしている。

「それでは、そろそろお嬢様のお支度も整うかと思いますので、どうか玄関の方でお待ち下さい」

立ち上がりながら御当人には聞きにくい質問をしてみた。

「おいくつなんですか、お嬢様は？」

赤沼執事はじろりとこちらを睨《にら》んでから、低い声でいった。

「十九でいらっしゃいます」

10

これだけチヤホヤされている娘のお出掛けなのだから、一同頭を下げて送り出すのかと思ったら、玄関には誰もいない。執事氏までも一礼して奥に引っ込んでしまった。お客様のこちらに対して失礼だと怒るつもりはないが、それにしても、おかしな話である。

ところで、千秋さんの黒のワンピースはこれといった飾りもないのに、いや、それだからかもしれないが、見事に品格を感じさせるものだった。はたして、外出にはどんな装いで現れるのか。あっと声を上げたくなるようなパープルのコートや、あるいはミンクのロングコートぐらい着てくるかもしれない。こちらが位負けするのは覚悟の上だが、孔雀《くじゃく》のような格好をされては並んで街が歩きにくい。どうなることやら、と思っていると、階段から見えたのはジーパンをはいた脚だった。

「お待たせしました」

レザーのブルゾン、髪はアップにまとめデニム地の帽子の中におさめている。少年めいた爽《さわ》やかないで立ちである。

「素敵ですね」

「羞《は》ずかしいんです、こんな格好するの。でも、仕方がないの」すでに用意されていたスポーツシューズを履きながら、お嬢様はすねたような返事をする。「この方がまだ目立ちませんから」

最後の一言はよく分からない。

「お見送りはないんですか」

「わたし、家を出るところを見られるのが嫌なんです。特に門から出る瞬間を。だから、今は防犯カメラも切らせてあるんです」

「そりゃあ徹底していますね」

二人で寒々とした植え込みの間を歩く。千秋さんは俯《うつむ》きがちである。そしてぽつんといった。

「うちにいる時と外に出た時って、気持ちは変わるものですか」

「そりゃあそうですね。酒の効き方なんかはまるで違います。面白いもんですね」

彼女は唇を噛《か》んだ。大きな門が見えてきた。そこで千秋さんは、くるりとこちらを向き哀願した。

「変なことといいますけど、聞いて下さい。門を大きく開けて、わたしが出たらすぐ閉めてくれませんか」

大家のお嬢様ともなると、自分で門も開けられないのだろうか。もっとも純和風両開きの重そうな扉ではある。片側を《よいしょ》と、いわれた通りにすると千秋さんは小声でいった。

「……すみません」

そして、何度か帽子を引っ張って押さえながら後ずさりしていく。あっけに取られてしまった。動きは足が植え込みにかかったところで止まった。

千秋さんは革の手袋をしている。その手をぎゅっと握った。それから顔をしかめると、体を植え込みの方に一つ振って勢いをつけ、小砂利を蹴《け》って駆け出した。

11

灰色の風景の中に、お嬢様は木枯らしの精のように走り出て行った。

どこか遠くから、夕暮れ時を告げるチャイムが聞こえてきた。日常的なそれが、何か別世界の不思議な音楽のように耳に響いた。唖然《あぜん》とし、次に千秋さんが表の道で自動車とぶつかりでもしていないかと、あわてて門から首を出した。

幸い、人通りの少ない道なので自転車さえ見えなかった。お嬢様は少し先で向かいの家の石塀に両手をかけじっとしている。

ほっとしながら大きな扉を閉めていると、お嬢様はぽんと手を突くようにして身を起こし、すたすたと歩いて行ってしまう。

「あの——」呼び掛けようとして考えた。千秋さんというのも馴《な》れ馴れしい。お嬢さんと呼ぶのも、座りが悪い。常識的に姓でいくべきだろう。そこで若奥様にでもいう

ようだが、

「新妻さん」

千秋さんはぴたりと足を止め、振り向いた。

「やめてくれよ」

「は？」

「は、じゃないよ。いやだから、やめてくれっていってるんだ」

別人かと思った。だが間違いなく、あのどきりとするほど可憐《かれん》なお嬢様である。その描いたように形のいい眉がキリキリと寄せられている。寒風が二人の間で、ひゅうっと鳴った。

「いけませんか」

「呼ぶんだったら、おい、とでも何とでもいってくれよ。分かったな」

「――分かりました」

ポケットに手を突っ込み、肩をそびやかして歩き出す。《内弁慶《うちべんけい》》という言葉が逆さになって頭に浮かんだ。あれでドレスを着ていたら、そりゃあおかしい。何とも可愛いミス弁慶だが、もしも門を境にしての人格の別が、当人にまったくコントロール出来ないのだとしたら、それこそ驚くべきことだ。

まさに人間とはミステリである。

「何してんだ、リョースケ。お前が来なくちゃ、どっち行っていいか分かんないだろう！」

お嬢様は突き当たりの丁字路に仁王立ち、手を腰にとり、大声で怒鳴っている。嫁入り前の娘のすることじゃないよ、まったく。

「はいはいっ。ただいま参りますよっ。ただいまね」

走って行って更に《はいっ》というと、お嬢様はこちらの顔をまじまじと見ていったものである。

「お前——アタシのこと馬鹿にしてるネ」

12

電車の窓からは、家並みの彼方の遥《はる》かに遠い雲が、竜胆《りんどう》色の和紙で作った山脈のように見えた。空はその上にサーモンピンクに広がっていた。二人、連れ立って、よほど素敵な夢の国にでも出掛けるようだった。

しかし、着いたところは監獄めいた高い塀の前である。あっという間にすっかり暗くなってしまった空にお似合いの風景だ。大人が背伸びしても届かないこの高さでもグラウンドの砂は風に乗って塀を越え、人の家の洗濯物を汚すのだ。塀の目的が出さないためより、入れないためなのだから仕方がない。

校門は閉ざされている。いつもは遅くなるまで開いているのだから、やはり昨日のことの影響なのだろう。

「おい、リョースケ。行こうぜ、行こうぜ」

千秋さんが無性に乗り越えたがる。それを押さえて、近くの食料品店に行ってみる。自動販売機の横に電話があった。学校にかけて事務からつないでもらうと、うまい具合に校長はまだ残っていた。《お隣の岡部です。昨日の件で内々に》といった。事実である。優良の別はともかく、《岡部》であることに間違いはない。

こちらがいいというまで黙っていることをお嬢様に約束させてから校門まで戻る。ちょうど、背広姿の迎えの男が切紙細工のような影を引きずりながら、建物から走って来るところだった。

校長室は、植え込みの黒いかたまりを目隠しにした、一階の隅だった。賞状やカップの類《たぐ》いは一切ない。部屋は広く、診察室のように清潔で禁欲的だった。

「何でございましょう」

壁際のソファーに腰を下ろし、型通りの挨拶《あいさつ》をすますと、向こうから声をひそめて聞いてきた。一筋縄ではいかぬように見える女史も、今回のことには大分まいったようだ。今日は長い長い一日だったのだろう。全体の印象もやつれてみえる。

「はい、実はまた一人二人、生徒さんからお話を聞かせていただかねばならなくなりまして」

「今ですか」

「ええ、出来るだけ簡単に済ませたいと思います。まずは北条という一年生なのですが」

「――あの子が何か」

「いいえ、事実関係ではっきりさせておきたいことがあるのです」

「どうしてもということなら呼ばせますが――」

いぶかしげな視線が千秋さんに向かう。

「ああ、これはつまり、若い娘から聞いた方が生徒さんも答えやすいだろう、という配慮でして」

「警察の方ですか」

「はあ、仲間です」

我ながら苦しい応対である。

隣の応接室で待っていると、最前の背広の男が、小柄な目のきつい女の子を連れて来た。三人だけになると、すぐに千秋さんがテーブルに手をつき身を乗り出した。

「あのね、あんたがプレゼント渡した時、美良さんはすぐに開いて中を見たのかい？」

風変わりな質問者のいきなりの問いかけに、北条友佳はおびえたような顔をしながら、

「いいえ、美良先輩はクールですから」

「見なかったんだ」

「はい。部屋の真ん中で、デッサンしていたんです。壺《つぼ》を前に置いて。それで、わたしのことも本当にちらりと眺めただけでした。渡すと《有り難う》とだけそっけなくいって、すぐ側の机の上に置きました。それがいかにも先輩らしいとこなんです」

「そこがまた《いい》わけだ」

小柄な女の子はぽっと頰《ほお》を染めた。

「はい。――で、邪魔になるといけないし、いたって声もかけてもらえないのは分かってましたから、わたし、すぐに出て来たんです」

「側にいても、どきどきしちゃうし」

「はい」

「だとすると、その美良さんがだね、あんたが部屋を出た途端に包みを開けて、何を貰えたのか調べるなんてがつがつしたことは、まあ、しそうにないね」

北条友佳は即座に首を振り、抗議するようにいった。

「そんなこと、考えられません。今もお話しした通りデッサンに集中してましたし」

「となると、事件のあった時も包みはそのまま机の上にあったんだろうね」

「そうだと思います。わたしが部屋を出てから一時間ぐらいしか経《た》たないうちに、あいうことになったんですから」

「そんなものなの？」

「ええ、八時頃に前を通りかかった人が見付けたそうです。ドアが細目に開いてたんで、なにげなく中を覗《のぞ》いたら――」

千秋さんは、ほうっと息を吐き椅子《いす》の背にもたれる。こちらから《もう結構です》と《御苦労様》をいう。北条友佳は礼をして出て行った。その背中を見送った後、千秋さんに視線を戻す。

千秋さんは腕組みをし天井を見上げたままで、さらりといった。

「なあ、リョースケ。これで犯人が分かっちまったな」

13

何を考えているのか見当もつかない。

千秋さんは背広が顔を出すと、横柄な口調で命令し、寮まで案内させた。

ところどころに常夜灯こそ点《つ》いているが、校舎は切り立った岸壁のように高く暗く闇《やみ》にそびえ、いかにももの寂しい。中庭を抜けてしまうと、うってかわって光を詰め込んだような明るい寮の建物が二棟見えてきた。並んでいる体育館からも光はこぼれ、幾筋かの線を庭に溢《あふ》れさせている。バレーやバドミントンのゲームが行われているらしく、色とりどりの格好をした女の子達の姿が、ちらちらと垣間《かいま》見《み》え、はじけるような声も聞こえた。

三年生のいる建物に入る。夜間の入寮は厳禁だそうで、ちょっとした押し問答になったが、何といっても《殺人事件》の四文字は重い。現場を見るだけということで、許可となった。勿論《もちろん》、背広が《警察の方です》と説明してくれなかったら、そうはいかなかったろう。ただし、こちらからは何ともいっていない。

背広と一緒に管理の責任者がマスターキーを持って付いて来た。

「あの部屋には、今は生徒はいないんでしょう?」

聞いてみると、面長の責任者は頷《うなず》き、

「取りあえずは、別室に分けて入れてあります。もう、あの部屋は倉庫にでもするしかないでしょう」

至って現実的な返事である。

「捜査の方は一通り終わったんですか」

二階に上がったところで口にしたら、奇妙な顔をされた。しまったと思う。わざとらしくごまかそうとする。

「——いや、今日は別口の仕事もありましてね、本件捜査の進展状況について詳しく聞けないうちに来ることになったんですよ。岡部優介、昨日は一番に駆け付けたんですがね」

その優介が自分だとは口にしていない。しかし都合よく背広が《うんうん》と頷いてくれる。兄貴の顔をはっきり覚えているのだ。印象が強かったのだろう。焙《ほう》じかけのお茶を持ったまま来たのではないかと心配になる。責任者も、納得したようで、

「そうですか。いろいろと大変ですねえ。あの部屋の方の調べは、昼過ぎには終わったようでしたよ。ただ、まだ人は入れないようにということなんです。ですから、出

来ましたらドアのところから様子を見るぐらいに――」

　何か変だと思って気が付くとお嬢様がいない。後ろでドアをたたく音がする。振り向くと、階段近くの部屋を生徒がノックしており、隣には千秋さんが立っている。

「どうしたんです。こっちですよ」

　声をかけると、強い目でこっちを睨み、人差し指を口の前に当て《黙れ！》というポーズをする。あっけに取られて、自然、黙ってしまった。だが続いて起こったことの方が、もっとわけが分からなかった。ドアが開いたかと思うと、千秋さんの姿は吸い込まれるようにすっと中に消え、数秒の間を置いてから複数の叫び声がし、そして格闘の音が響き始めたのだ。

　理屈は分からぬながら、体の方が先に動いた。背広と責任者の間を割るようにして、その部屋に走る。二人も後に続いた。ドアをノックした生徒は戸口の辺りで、どうしていいか分からず、ひたすらおろおろしている。

「おい、リョースケ」

　元気な声がした。思わずしゃがみこみたくなるぐらいに、ほっとした。

　それにしても奇妙な図だった。クリーム色と白のだんだら模様のパジャマを着た大柄な女の子が、窓の近くで千秋さんに押さえ込まれていた。体格では問題にならないのに、関節辺りの要所をうまく締め上げているのか、下の子はびくとも動けないようだった。追い掛けて後ろから飛び掛かったような格好なので犀《さい》の背中に乗った豹《ひょう》のようだ。青い帽子が大分離れたところまで飛んでいる。ちょうどその辺りにルームメートなのだろう、女の子が三人、かたまって茫然《ぼうぜん》と立ち尽くしていた。

千秋さんの声が響いた。

「怪しいもんじゃないって、いってくれよ。こうやって押さえてんのは何でもないけど、いつ後ろから残りの三人にぶん殴られるかと思うと、いい気持ちのもんじゃあないぜ」

14

パジャマの子は本堂喜美子《ほんどうきみこ》といった。ようやく放されても、小豆《あずき》色のカーペットの床にくず折れ、泣くばかりである。

「一体、どういうことなんですか」

責任者が恐い顔をして千秋さんに詰め寄ったが無理もない。だがお嬢様は軽く首を振り、

「悪いけどさあ、そこのところをもう少しはっきりさせるから、ちょっと三人だけにしてくれない」

背広と責任者は顔を見合わせた。冷静になって考えれば、昨日の今日で、目の前に泣きじゃくっている生徒がいれば、《この子が？》ということになるだろう。となれば、ことは重大である。

背広が緊張した面持ちで一歩進み出た。

「分かりました。ただしですよ。わたし達は部屋の前で待たせてもらいますからね」

「構わないよ、部屋の前でも、屋根の上でも。話が終わったら、すぐに呼ぶからさ」

責任者が、ぽんと手を拍《う》ってルームメート三人組を呼び寄せた。どこかに連れて行くのだろう。背広は部屋の椅子を持って外に出た。

ドアが閉まると、千秋さんは本堂喜美子の隣にあぐらをかいた。

「馬っ鹿だなあ。ここは二階だぜ。飛び下りたって脚折るぐらいで大概は助かっちまうよ」

恨みがましい目がキッと千秋さんの方を向く。いつの間に用意したのか、千秋さんの白い小作りな手がハンカチを持ってその目に向かう。涙を拭《ふ》いてやりながら、

「今日は一日寝てたのかい」

角張った顔が頷く。

「百年、布団被《かぶ》ってるわけにゃあいかないぞ」

「……そんなこと、分かってます」

「だったら、どうしたらいい」

「あったことを、……話すしかないと思います」

「アタシが来た時に、ばれたと思ったんだね」

「はい。名指しで《昨日のことを聞きたい》っていわれたんですから、もう、おしまいだと思いました」

「それで飛び下りようとしたんだ」

本堂さんは小刻みに震えながら、こくんと首を縦に振った。どうやら事件解決は間違いないようだ。間抜けに見えるのは承知の上だが、聞かないわけにはいかない。

「あのねえ、つかぬことをお伺いしますが、どうして分かったんです」

千秋さんは、ぽかんと口を開け、それから肩をすくめた。

「何だ、気が付いてなかったのか」

「残念ながら」

「いいかい、プレゼントの包みが現場から持ち去られていたんだぜ」

「そうですよ」

「そいつが現場に残っていたら犯人がすぐ分かるような状況が、一つだけ考えられるだろう」

「は？」

「は、じゃないよ」

そういわれるのは二度目だ。千秋さんは、うんざりしたようにいった。

「プレゼントの包みが一面に散らばっていたら一目で分かっちまうだろう。サンタクロースが犯人だって」

15

そこで千秋さんは《犯人》に聞いた。

「あんた、サンタクロースの扮装が出来たから、それを見せに美良さんのところに行ったんだろう」

「……はい」

「ところが、何かあって揉《も》み合いになった。プレゼントが袋からこぼれて散らばった。

その後で、あんなことになっちゃったんだろう」

「……そうです」

氷がすうっと溶けて光が差すような気がした。逃げる時には、当然プレゼントを袋にかき集めて来ることになる。《オルゴール》の包みも、それと一緒に持ち去られたのだ。

「ああ、《サンタクロースの部屋はどこか》って、廊下にいた生徒に聞いたんですね」

「そうだよ。衣装のことで話があることにしてね。サンタさんの友達だっていうから、その子にノックして声もかけてもらったんだ。警戒してるだろうから」

「それでああなったのか。——しかし、抜け駆けというか一人であんなことをするのは感心しませんね」

「おや、アタシはてっきり、そっちが全部分かって連中を引き付けてるんだとばっかり思ってたけど」

「そりゃあ、買いかぶりですよ」

「とにかく、ことがことだからね。間違ったら大変だ。呼び出されただけでも疑心暗鬼で変な噂《うわさ》をされるかもしれない。だから、それとなく確認したかったのさ。そうしたら一言いっただけで、いきなり窓に直行だろう。あわてちまったよ」

あぐらの膝《ひざ》を撫《な》でながらいう。ジーパンだからいいが、ミニスカートで出掛けても座るとなったらこんな風になってしまうのだろうか。

千秋さんは視線をサンタクロースに向け、

「で、一体、どうして喧嘩《けんか》になっちまったのさ」

本堂さんは俯《うつむ》き、床のカーペットに向かって話し始めた。

「びっくりさせてやろうと思って、そうっと部屋に入って行ったんです。そうしたら、気が付いてもまだデッサンを続けている。……わたしもここでは美良さんと一緒にずうっと絵を勉強して来ました。美良さんにはかなわないけど、他の誰にも負けない自信はありました。絵のことも二人で話したことがよくありました。だから、袋をかついだままで、美良さんの描いてるのを見ながら、わたしも美術の方に進んで、ああしたいこうしたいっていう夢を話したんです。……そうしたら、黙って聞いていた美良さんが、いきなり手を止めてこっちに向かってしゃべり出したんです。……あなたの力だったら、そんなことをするのはやめた方がいい。ここでだったら光ってるかもしれないけど、専門の人の集まってる中に行ったら、……本物の才能の中に入ったら、ただもうみじめになるだけだ。そんなの幸せじゃない」

いかにもサンタクロースの似合いそうな肉付きのいい顔が苦しそうに歪《ゆが》んだ。

「……わたし、目の前に真っ赤な幕でも降ろされたような気持ちでした。だって、心の底から絵が好きなんですもの。それでいて美良さんのいうことが嘘《うそ》じゃないっていうのも鞭《むち》で打たれるように分かるんです。だから辛《つら》くって辛くってたまらなかったんです。……《いわないで、いわないで》って何度も頼みました。でもやめてくれないんです。……《あなたとはいつも絵の喜びについて話したじゃないの》って叫びました。そこで袋を美良さんにぶつけたんです。袋は手から離れて口が開いて中身がこぼれ出ました。美良さんは、尻餅《しりもち》をつきながら、何かに取り憑《つ》かれたみたいになってまだ続けました。……フェルメールだって、隣にあなたがいたら、あなたに向かって絵の話ぐらいするだろう。でもフェルメールはフェルメールだけど、あなたはあなたでしかないんだ。片方は千年経《た》っても残るけど、あんたの絵なんか五年経ったらもう覚えてる人は一人もいないんだ。……わたしは壺を振り上げました。ぶつけようとしたんじゃありません。それを美良さんがとっても大事にしているのを知っていたから、何よりそれが彼女のこの三年間での一番の作品だったからです。どうしてもそれを壊してやりたかった。……そんなこと、本当に美術が好きだったら出来るわけないんです。だから、わたし、あの時は悪魔になっていたんだと思います。持っただけでふらっとするような重い壺でした。振り上げたら、美良さんが真っ青になって下から止めようとしたんです。それが振り下ろすのとぴったり合ってしまって。……凄《すご》い音でした。あの音」

本堂さんは顔を覆った。

この部屋の四隅は、それぞれ一人ずつのコーナーになっている。折れば壁に入ってしまうタイプのベッドと規格品の机がある。ベッドの出ている隅が本堂さんのコーナーだろう。それぞれのコーナーが娘らしく飾られている。コーナーに引くカーテンも、どれも美しい。決して暗い部屋ではない。しかし、本堂さんの話と共に、その部屋が闇の底に沈んで行くような気がした。

沈黙が波のようにひたひたと、部屋の隅々にまで広がった。千秋さんがやがて口を開いた。静かな、よく通る声だった。

「――美良さんはね、自分のことをいってたんだと思うよ」

本堂さんは目を見開き、絵のような千秋さんの顔を見詰めた。千秋さんは枯野を渡る風のような声で続けた。

「恐かったんじゃないかな、とっても」

16

ドアを開け顔を出すと、正面に椅子に座った校長先生がいた。一大事とばかりに呼んで来たのだろう。これはまあ当然である。両脇《りょうわき》に日光月光《がっこう》両菩薩《ぼさつ》像よろしく背広と責任者が立っていた。

「……どうでした」

校長は眼鏡を光らせながら立ち上がった。子供の手術の結果を聞くような口調だった。

「やはり、そうでした」

答えると相手は声にならない叫びを上げ、手で口を覆う。その側に近付き、耳打ちした。

「——あの子にとっても、学校にとっても、自分からいい出したという方がいいと思います。実はわたし達にとっても、そうなんです。個人の立場で来ていますので、そこで犯人があがってしまっては、何といいますか抜け駆けをしたようでうまくないのです。後で内部でもめますので」

校長先生は眉《まゆ》を上げ、ゆっくりと頷く。

「分かりました。そうおっしゃっていただくのは本当に有り難いことです」

「ですから、わたし達はここで失礼します。後はあなた方で、改めて警察に連絡して下さい。よろしいですか、くれぐれもわたし達が来たということはご内聞に」

本堂さんを引き渡し、こちらは階段を下りた。千秋さんは、両手をレザーのブルゾンのポケットに突っ込み、足早に降りて行く。一階の廊下に片足がかかった時、その動きが止まった。

「どうしました」

並んでみると、廊下から微《かす》かだが張り詰めたピアノの音が聞こえてくる。千秋さんはタイルの床を、そのままふらりと激情のほとばしりのような響きの聞こえる方に向かった。少し先のドアの向こうから、そのピアノの音は聞こえてくる。CDをかけているのだ。

千秋さんはしばらく気を失ったように黙っていた。それから、ふっと顔を上げていった。

「……アルゲリッチだ。すげえなあ」

廊下も蛍光灯でかなり明るい。上を向いた千秋さんの顔は照明を浴びたようになる。

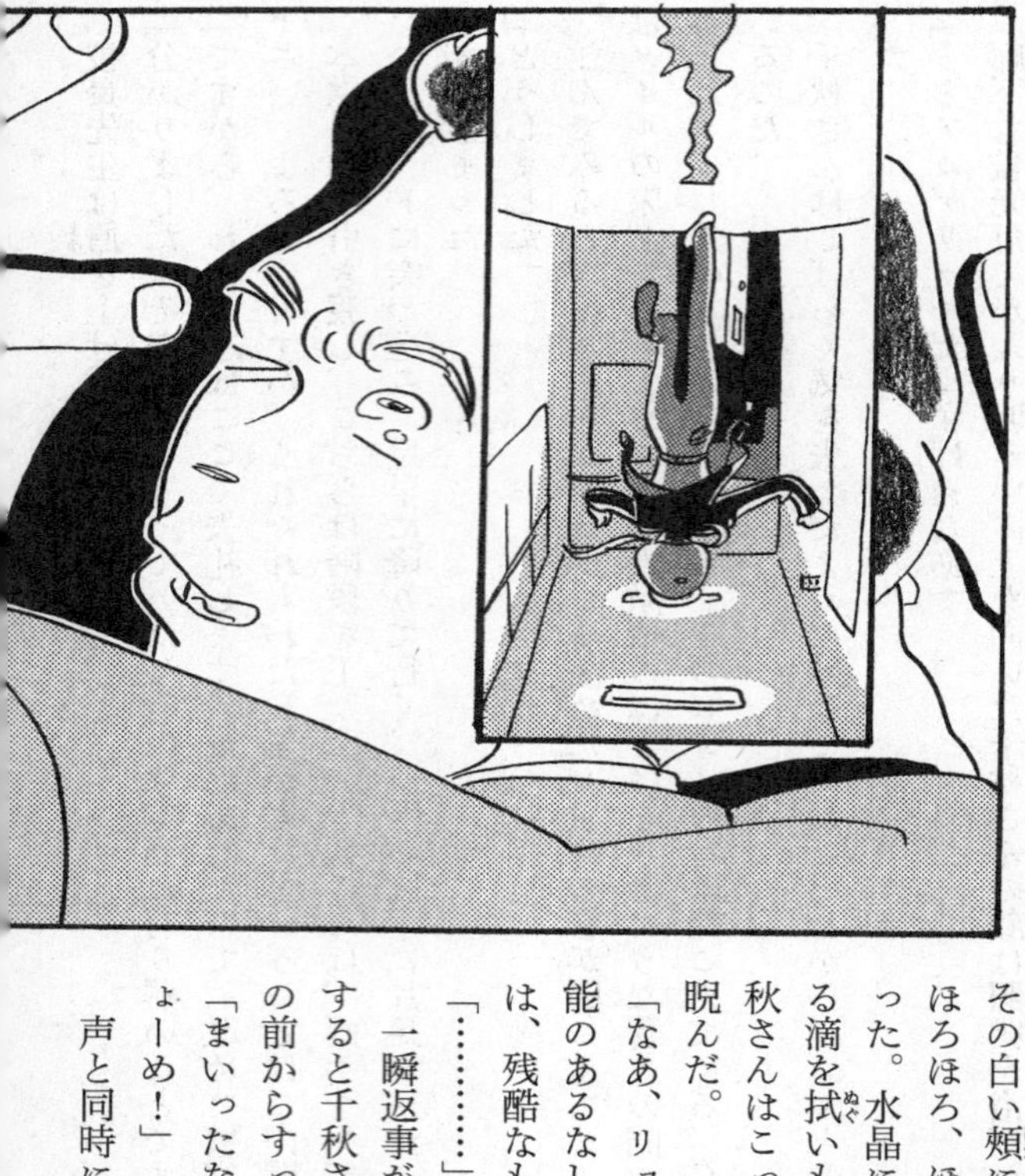

その白い頬《ほお》に突然、涙がほろほろ、ほろほろと伝った。水晶にも似た溢れる滴を拭《ぬぐ》いもせずに、千秋さんはこっちをキッと睨んだ。

「なあ、リョースケ。才能のあるなしっていうのは、残酷なもんだなあ」

「…………」

一瞬返事が出来ない。すると千秋さんの体が目の前からすっと沈んだ。

「まいったなあ、ちきしょーめ！」

声と同時に、世にも理

不尽な右ストレートが繰り出された。あっと思った時には見事過ぎるほどに決まっていた。胃が飛び出るかと思った。息が止まり目の前が暗くなり、世界中の苦痛が腹の一点に集まった。膝を着き倒れる前の視界の隅に、玄関に向かって肩を震わせながら駆けて行くお嬢様の、妖精《ようせい》のような後ろ姿が目に入った。《帰りはどこかでお茶を飲み》などという皮算用が、がらがらと崩れていった。床に指を立てながら、かすれ声でうめいた。

「……ひ、人殺し」

17

うがって考えれば、焦躁《しょうそう》に自分を失う姿を見られたことへの怒りかもしれない。だとすれば、昔話にある水浴を覗《のぞ》かれた女神に似ている。《見たなー》といって男を鹿《しか》にしてしまったりする。たまたま居合わせた方はたまったものではない。一方、受けたのがストレートなのだからストレートに解釈すれば、単にやり場のない感情を側にいた人間にぶつけた、ということになるだろう。

いずれにしろ痛いことに変わりはない。しばらく呼吸を整えてから、よろよろと家に帰った。

優介兄貴は真夜中近くに戻ってきた。玄関からすぐ台所に入って来て、胸を張っていう。

「おい、よく聞け。昨日の事件は実にあっけなく解決したぞ」

こちらは、台所のストーブの前で、チーズをかじりながら外の空気ぐらいにまで冷やした缶ビールを飲みつつ仕事の原稿を読んでいた。

「ははあ。すると時節柄、犯人はサンタクロースかな」

兄貴は目を丸くした。

「占いもやるのか」

「ああ。最近ちょっとばかり凝ってるんだ」

「何にしたところで、当たるというのはたいしたもんだ」

コートを脱いで折り、そのまま椅子の背に掛けて座る。そして細かく説明をしてくれた。こちらは《ほうほう、それはそれは》などといって聞いている。そうしていると、あのつややかな頬と利口そうな黒い瞳《ひとみ》を思い出す。そしてまたキリキリと腹が痛みだし、思わず手で揉んでしまう。有り難いもので、さすがは兄貴、話を中断して、

「どうした」

「いや、近くでやくざにからまれてね」

「やくざ？　若いやつか」

「十九だよ」

不思議そうな顔をする。

「どうして分かるんだ」

「《俺は十九だ》といって殴りかかってきたんだ」

兄貴は、さらに首をかしげた。

「そりゃあ、おかしな話だな。――まあしかし、あいつらに理屈は通じんからなあ」

溜息と共に、ゆっくりと応じた。

「まったく、その通りだよ」

18

真美《まみ》ちゃんの買ってきたケーキを食べようとフォークをすぐ上まで持っていって止めた。

「珍しいね。ピアノの形なんだ」

「ええ、それは見た目に面白いから選んだの」

今夜がクリスマスイブだというので、左近先輩が編集長にケーキをおごらせたのである。一番若手の真美ちゃんがショートケーキの買い出しに行って来たのだ。その中の一つがピアノ型のカステラだった。ホワイトチョコレートとチョコレートで鍵盤《けんばん》が描かれている。

「これ、どこで売ってるの」

真美ちゃんはニヤリとした。

「あら、岡部さんがそんなの聞いてどうするの」

「いや、別に」

「誰かさんのところに持って行こうと思ったんでしょう。ズバリ、ピアノを弾く女性」

　女の勘は侮れない。

「ピアノっていえばさあ、アルゲリッチって知ってる？」

「そりゃあ知ってるわよ。マルタ・アルゲリッチでしょう。天才ピアニストじゃない」

　電話が鳴り、左近先輩がさっと受話器を取った。

「はい、『推理世界』でございます。はい、――はい？」

《岡部に御用でございますか》という声が聞こえたので、飲みかけの紅茶を置く。左近先輩は受話器の口を押さえながら、

「変な電話よ、岡部君。《どちら様ですか》って聞いたら《名乗るほどの者ではございません》ですって。あら何よ、急に立ったりして」

　奪い取るように受話器を手にする。そんなとぼけた人間が大勢いてたまるものか。恨みつらみは数々あるのだ。

「もしもし」

「……ハイ」

　蚊の鳴くような声だった。

「やっぱり、あなただ」

「お分かりになります？」

「そりゃあ分かりますよ。あやうく殺されかけたんですからね」

編集部の視線がこっちに集まる。お嬢様はおずおずと尋ねた。

「あの、……大丈夫でしたか？」

「何とか動けるという程度です」

「すみません。わたし、本当に、本当に反省しているんです。……許して下さい」

「さあ、どうしましょう」

「許して下さらないと、わたし痩《や》せてしまいます」

面白いことをいう。

「ダイエットに協力しようかなあ」

「……いじめないで下さい」

「それじゃあ、本当に許してほしいんですね」

「ハイ」

「だったら」

「ハイ」

「僕のいうこと、何でも聞きますか」

「ハ――」いいかけて、お嬢様はあわてふためいた。「いいえ、駄目です、駄目です っ」

「何を考えてるんです、あなたは。まさか百科事典に載ってることじゃないでしょうね」

呆《あき》れたようにいってやると、電話線の向こうの《いえ、その……》というお嬢様の声は爪先《つまさき》から頭のてっぺんまで(声に体があったならの話だが)真っ赤になった。少しは腹の虫がおさまる。

「そうじゃなくて原稿ですよ。年内に必ず一編書き上げて渡すこと。これが命令です」

千秋さんは、ほっと息をついた。

「それでしたら出来てます」

「本当ですか」

「ええ。わたし、あの後すぐにもおわびしたかったんです。でも勇気が出なくて。だから、原稿を書いてしまえばそれがお電話するきっかけになると思ったんです。一週間、ただもう一所懸命に書いたんです」

泣き落としだ。

「それは頑張りましたね」

「そうなんです、頑張ったんです！　それで今書き終えて、赤沼にプッシュボタンを押してもらったんです」

「御自分で押さないんですか」

「……だって、どきどきするんですもの」

　ふざけるんじゃないよ。

「分かりました。それじゃ早速いただきにあがります」

「あ、送ります。わざわざいらしていただかなくても」

「いえ、これからすぐに参ります」

《お急ぎでしたら、赤沼に持たせます》などといっているのを、ガチャンと切ってしまった。

「本当におかしな電話」

　首をかしげている真美ちゃんの目の前にメモ用紙を突き出した。

「さあ、ケーキ屋の地図描いてっ」

19

駅前ではどこの店からかジングルベルがエンドレスで流れていた。紙袋に、ピアノのショートケーキの箱を入れ、その慌ただしいリズムに乗りながら改札口をくぐった。

今回はすぐに玄関まで案内された。だが通されたのはこの前とは違って、大きな油絵のかかっている応接間だった。赤沼執事が原稿の束を持って現れた。細い目でこちらをまじまじと見る。

「あなた様も御丈夫な方でいらっしゃいますねえ」

「は？」

「いえ、お嬢様のパンチを受けても、そうしてお元気で」

「じゃあ、何があったか聞いてらっしゃるんですか」

「はい、お聞きいたしました。――しかしまあ、あなた様の御様子を拝見いたしますと、お嬢様はやっぱり手加減なすったんですなあ」

信じられない。

「――他にもかなり武勇伝があるんですか」

執事氏は顔を近付けながら、

「座ってもよろしゅうございましょうか」

「あ、どうぞ」

大きな体がソファーに腰を下ろす。

「ここだけの話でございますが」声をひそめる。「せんだっては運転手の田代が、走行中に後ろの座席から乗り越えてきたお嬢様にハンドルを奪われまして」

「危ないじゃありませんか」

危ないなんてもんじゃあない。

「はい、さようでございます。その後がまた凄いのでございます。お年寄りのバッグを奪って逃げたチンピラを、公園を抜け土手の上から川の中まで車で追い掛けまして」ニヤリと笑う。そんなお嬢様が可愛くて仕方がないといった口調である。困った執事だ。「それでも、怪我《けが》一つなさいません。何しろ、あのお嬢様でございますから」

「お嬢様はいいとして、運転手さんはどうだったんです」

「ああ、田代も無事でございました。お蔭様《かげ》で」そういわれる覚えはない。「ただ、しばらくの間は、夜寝る度にうなされたようでございます。やはり見るのでございますなあ、――悪夢を」

「しかし、それならそうと前以《まえもっ》て一言ぐらい――」

「申しましたよ」

「え？」

「《お嬢様は複雑な方でございますから、くれぐれも、お気を付けになって下さい》と」

「あの、あれは《お嬢様に間違いのないように気を配ってくれ》という意味じゃあなかったんですか」

「とんでもないことでございます。《お嬢様に気を付ける》んでございます。しかし、お嬢様が若い男の方と二人きりで外に出られたのは、実はあれが生まれて初めてだったんでございます。ですから、その――乙女の羞《はじ》らいというやつで、幾分かは違うのではないかと、皆な思ったんでございますよ。どんなお顔をしてお帰りになるかと一同楽しみにして待っていたんでございますがねえ」

「はあ」

「帰っていらしてからが大変でしてねえ。《はしたないことをした。もう、死んでしまいたい》などとおっしゃって。何、たかが、男の腹の一つや二つ――あ、いえ、あなた様がどうこうではございません。ただお嬢様を慰めるために申しましたので」

「ああ、そうですか」

「それに先ほども申しました通り、今のあなた様の御様子を拝見いたしますと、お嬢様はやはり手加減なすったんでございますよ。その辺が何ともいえない女らしさで」

「有り難い話ですねえ」

「そうそう、それで、こちらがお原稿でございます」

思わず口がとんがる。

「どこかに行ってしまわれたんですか」

「いえ。いらっしゃることはいらっしゃるんですが、合わせる顔がないということで、お部屋からお出になりません。消え入るようなお声で《今、あの方にお会いしたら、わたし羞ずかしくて気を失ってしまう》とおっしゃるのです。それ以上無理にとは申せません。おわびは、わたくし赤沼がいかようにも――」

「分かりましたよ。もう結構です」

原稿を受け取り、ケーキの箱を出そうとして、気が付いた。

「そういえば今日はピアノの音が聞こえませんでしたね」

「ああ、おやめになったんでございます」

「やめた？」

「はい、どういうものか、あの日以来。――ピアノの方は田代の娘が貰った筈でございます。二、三日前に業者が来て運んでおりました」

「そうですか」

出しかけた箱を、さりげなく元に戻した。

「かわりに、今は熱帯魚に凝っていらっしゃいます」

「は？」

「熱帯魚でございますよ。あの日にどこかで水槽から何から一式買っていらっしゃいまして。魚の方は南米の何とかいう、一匹十万の――」

20

玄関を出てたそがれの庭に出た。小道を囲む植え込みは、そろそろ薄墨色になる頃だった。師走の寒風が木々の枝を揺らしていた。

小砂利を踏んで行く途中で、背中にふと視線を感じた。振り返ると二階の窓のカーテンの間に、華やかな色彩が動いたような気がした。しかし、それ以上見上げているのも癪《しゃく》に障る。

紙袋をぶら下げ、ぶつぶつぶやきながら門へと向かった。
――だから、金持ちってやつは大っ嫌いなんだ。

眠る覆面作家

1

校了間際の出張校正というやつは、あまり嬉《うれ》しい仕事ではない。

いってみれば、編集部の何割かが、切り分けられたデコレーション・ケーキよろしく、本体に《さよなら》して印刷所まで出掛けて来るわけだ。やっていることは、まあ同じである。クリームもかかっていれば苺《いちご》だってのっている。

しかしながら出掛けて来る趣旨というのが、ゲラを持って編集サイドと印刷サイドの間を行き来する時間も惜しい、だからひとつ所でやってしまおうというものだから、仕事というクリームも《特濃》のものになってしまうのだ。

かてて加えて、環境の問題である。我が『推理世界』の毎回使っている部屋は、幼稚園とは正反対である。つまり、透き通った硝子《ガラス》窓があくまでも広く明るく、夢のある絵が壁に張ってあり、生き物などが飼われており、若く健康的な女の先生がいて、水栽培のヒヤシンスやクロッカスの花が所々に咲き、子供達のはずんだはしゃぎ声が聞こえて来る、そんな太陽に向かうような情景を一旦《いったん》思い浮かべ、――ついで、そのイメージをくるりと裏返せばよいのである。

「先輩ー。こっちのゲラも、やっと出ましたよー」

知らない人が見たら大きなごみ捨て場だとしか思えないような机の連なりの向こうで、いそいそと帰り支度をしているワンピースに、恨みがましい声をかけてみる。ワンピースの地は利休鼠《りきゅうねずみ》、そこにチューリップの柄がいくつも白抜きになっている。引っかけた黒のボレロのセンスもなかなかによい。

左近《さこん》先輩は、よどんだ空気の中をつかつかと歩み寄り、ちらりと腕時計を見ていう。

「四時半ね」

「四時半です」

「ゲラって、川島《かわしま》先生の長編一挙掲載でしょ」

「ええ、五百枚」

「よかったわねえ、今出て。岡部《おかべ》君の能力をもってすれば、朝までに上げるのなんて軽いじゃない」

校正が終わるのが夜中の三時ぐらいだろう。それからイラストと突き合わせてのチェックになる。勿論《もちろん》、三時までには他《ほか》の仕事も終わらせておかなければならない。

ている。

「弁当は食べていかないんですか」

出張校正のイメージとすぐに二重写しになって浮かんで来る《弁当》が我々を待っている。

一度、編集部の若手、真美《まみ》ちゃんがその合成樹脂の蓋《ふた》を取り、しばらくじっと中を見つめていたことがある。やがて感に堪えぬように、《今日はすき焼きだぁ……》。《えっ！》と叫んで、詰めていた七、八人が、立ち上がり、駆け寄り、覗《のぞ》くと揚げ竹輪の隣に《すき焼き振りかけ》の小さな袋が太平楽に寝ていたものである。

「あら、残念ねえ。有川《ありかわ》先生と打ち合わせなの。シリーズの第一回でしょ。きちんとしとかないといけないから」

有川先生はなかなかの食通である。

「どちらです」

「たかが築地《つきじ》の料亭なの。――本当、残念だったわ。お弁当、食べたかったのに」

わざとらしい。

「もうちょっと待ってて、持ってったらどうです？　何だったら、お子さんのおみやげに」

先輩は《馬鹿《ばか》ね》といって、意気揚々と出て行ってしまった。

頃合《ころあい》を見計らって隣にいた進行の大島《おおしま》という同僚と並んで立ち上がり、一、二の三でドアに向かい《左近雪絵《ゆきえ》の人でなしー》と合唱していたら、先輩が傘を取りに帰って来てしまった。

2

春となり、なまじ暖かい日が続いただけに、しばらくぶりの雨の夜は一転して寒々とした感じになる。

がらんとした廊下に出ると、その花冷えというには少し早い冷え込みが身にしみてくる。自動販売機が集結したロボット軍団のように肩を並べている地下の部屋に入り、ウーロン茶を買う。ゴトゴトンと音をたてて落ちた缶が手の中で、小さく、そして熱い。

その感触にふと、担当している《覆面作家》のことを考えた。正体は、小柄な女の子である。名前は新妻千秋《にいづまちあき》。世田谷《せたがや》の、豪邸などという言葉がちゃちに思えるほどのお屋敷にお住まいのお嬢様だ。

利口そうな二重の目に、子供のようにつややかな頬《ほお》、夢見るような口元、などと並べると歯が浮くようだが、そうとでもいうしかない。実際、はっとするほど可憐《かれん》な美貌《びぼう》の持ち主なのである。

投稿して来た原稿がいかにも風変わりで面白い、うちまで行って来い、という左近先輩の命令で出掛け、初めて会った時には、絶句してしまった。

ところで、この伏し目がちに話す深窓の御令嬢には、ひとつのビョーキがあった。どうやら、そのせいでお宅に引きこもっていることが多いらしい。《内弁慶《うちべんけい》》という言葉があるが、その逆なのである。

つまり、一歩、門から外に出ると、借りて来たネコさんがサーベルタイガーになる。人格がまるっきり変わってしまうのである。これが当人にも、どうにもならないらしい。

まことに人間というのは面白い。

年の暮れ、このお嬢様がサーベルタイガーだった時に、半端ではない右ストレートをくらい、あっさりノックダウンされてしまった。自分では、まあ頑丈な男だと思っている。それを一発で倒すのだから、相当なものである。痛み具合の方も相当なものだったが、そこはそれ、――何事も過ぎてみれば楽しい思い出である。

その後、何編か書かせてみた。左近先輩のＯＫも出て、二月末に『推理世界』でめでたくお嬢様はデビューなさったのである。

その時、問題になったのがペンネームだ。新妻千秋は困る、という。《岡部さん、考えてください。適当なのがなかったら、匿名希望にしてください》という。

「こういう御意向なんですがね」

左近先輩は腕組みをして、椅子《いす》の背に寄り掛かり、

「《匿名希望》はよかったわね。でも、それだったら、《世田谷区・匿名希望》の方がおかしいわね」

「そりゃあそうですね」

そこで、アップル・ケーキを頰張《ほおば》っていた真美ちゃんが、口を動かしながら話に割り込んできた。

「宮前《みやまえ》先生なら《江東区《こうとう》・匿名希望》、澤田《さわだ》先生なら《松戸《まつど》市・匿名希望》ね。作者が全部それだったら、おかしいでしょうねえ」

それなら、と思い、

「発行所を見たら《千代田《ちよだ》区・匿名希望》だったりして」

「そうなったら雑誌名は」真美ちゃんは、ゴクリとケーキを吞《の》み込み、「――『匿名世界』！」

編集長が憮然《ぶぜん》として、いった。

「何も、おかしけりゃあいいってもんじゃない」

そこで千秋さんのペンネームを考えることになったが、なまじ本人を知っているだけに、あの奇妙にもとぼけたお嬢様に合うような名前が、どうしても出て来ない。

「もういいわよ。姓は《覆面》名は《作家》にしちゃいましょう」

左近先輩の鶴《つる》の一声。新人で覆面作家というのも無意味なようだが、かくしてお嬢様の、名前というか立場というかが、とにかく決まって雑誌が出た。

読んだ人は殆《ほとん》どいなかったようだが、数少ない何人かはわざわざ電話をくれた。

ライバル誌の編集からも紹介してくれといって来た。

「ああ、すみませんが、あの人、対人恐怖症なんですよ」

それじゃあ担当のお前は猿かといわれた。

3

ウーロン茶の缶を持って廊下を歩く。飲みたいというより、気分転換なのだ。

幾つかの部屋に居残りがいる。曇り硝子《ガラス》の窓が明るくなっている。徹夜組もいるのだろう。中には、半分やけになってか、宴会をやりながら仕事をしているところもある。周りに遠慮して、圧《お》し殺したような声で《草津《くさつ》よいとこ一度はおいでー》と歌い、スローかつ低い合《あい》の手が、間を置いてから《チョイナ、チョイナー》と入るのなどは、楽しそうというより、もはや不気味である。

さて、ウーロン茶の缶からお嬢様を思い出したのは、サイズと併せて熱のせいでもある。

原稿料が出ることになったので、数日前に電話をしたら、千秋さんは風邪《かぜ》で四十度近い熱を出して寝ているという、執事の（何と執事がいるのである）話だった。

お嬢様は、自分の口座を持っていない。何よりも執筆の動機が《お金がほしい》かららなので、原稿料も現金で貰《もら》いたいということだった。グランドピアノさえキャンデーぐらいの気安さで買ってしまう大金持ちのお嬢様なのだが、今まで働いたことがない。

つまり、千秋さんは《自分のお金》を手にしてみたかったのである。

こちらとしても、それが実は渡りに舟。正直なところ、あのお嬢様に会う機会が一回でも増えるに越したことはない。

ノブを廻《まわ》してドアを開けたら、校正担当は部屋の隅で黙々と仕事をしているが、大島の方はそろそろ濃くなり出した髭《ひげ》を左手で撫《な》でながら電話に出ている。

「はあ、はあ？」

頓狂《とんきょう》な声だ。顎《あご》の手を離して、こちらを差し招く。俺？——と自分の鼻をさしてみせると、うんうん、と頷《うなず》く。何となく分かった。

「《名乗るほどの者ではございません》かい？」

「そうだよ」

大島が、大きな手には馬鹿に可愛《かわい》らしく見える草色の受話器を渡してよこす。背にもたれるとキリキリと苦しげな音をたてる、くたびれた椅子に腰を下ろし、

「はい、替わりました。岡部です」

「ああ……」ほっとした声である。「よかった。違う方が出たんで、わたし、何て説明していいのか」

何て、もなにもない。《原稿料の件》といえばいい。そこで、受話器から声が遠ざかり、コンコンと咳《せき》をしている。

「大丈夫ですか」

「はい。どうも失礼しました。それも、こんな時間に」

時計を見ると九時である。

「会社で聞いたんですか、ここの番号」

「ええ、今朝。それから、どうしようかずっと迷っていて。本当に、優柔不断なんで」コンコン「すみません。――自分で自分が嫌になります」

「熱は下がったんですか」

「はい。おかげさまで」

「大分、ひどかったそうですね」

「ええ。……熱のせいか、プチの夢をみてうなされました」

「プチ？」

「ええ。ほら、あるでしょう。あの丸くふくらんだところのある、ビニールのシート。壊れるといけないものを包んだりする」

「ああ、なるほど」

「あれのふくらみを、わたし、夢の中でプチ！　プチ！　とつぶしているんです」

「ほう」

「そうしたら、それがいくらでもあるんです」

「――悪夢ですね」

「はい。耐えられなくなって声をあげたところで、赤沼《あかぬま》に起こされました」赤沼というのは執事の名前である。執事という言葉のイメージとは裏腹に、元ボクシングのチャンピオンといった感じのいかつい男である。「《ねえ、プチよ、プチよっ！》と叫んで、しがみついたところで、我に返りました。赤沼が《よろしいんですよ、よろしいんですよ》と頭を撫《な》でてくれました」

4

「――そういえば、その赤沼が」くすりと笑って、「コンコン「わたしが寝てる時に、窓から庭を見て、《お嬢様、今年も鶯《うぐいす》がまいりましたよ》って」

「気持ちを引き立てようというわけですね」

「そうなんです。ありがたいんですけど、ちょっぴりおかしくて」

「どうしてです」

「わたしが本当に小さい頃《ころ》から、ずっとそういうんです、赤沼は。で、四つか五つぐらいのことで、それだけがぽつんと記憶にあるんですけど、母と一緒に庭を歩いていたんです。そしたら、赤沼が子供みたいに嬉しそうに母に向かって《鶯です、鶯です》といったんです。ライムグリーンの可愛い小鳥が寒椿《かんつばき》の紅色の花の中に首を突っ込んで蜜《みつ》を吸っているんです。目元の辺りまで花粉で黄色く染めて、一所懸命吸っているんです。葉の一枚一枚、花びらの一枚一枚にまで陽《ひ》の差すような暖かい日でした」

その母親という人のイメージが浮かばず、何となく、今の千秋さんが小さな子の手を引いている姿が目に浮かんだ。千秋さんは続ける。

「赤沼が行ってしまうと、母はしゃがんでわたしの眼を見ていいました。《千秋、あの鳥はね、本当は目白っていうのよ。あなたもいつか気が付くかもしれないから、先にいっておくわ。でもね、赤沼さんは、毎年、あれをわたしにいうのを楽しみにしているの。だから、いいこと、絶対にね、鶯じゃない、なんていってがっかりさせちゃあ駄目よ。分かったわね》そして、きゅっとわたしを抱き締めてくれました」コンコンコン「本当に、本当にそれから毎年――」コンコン「うちに来る目白は、ずっと鶯の役をさせられているんです」

　今夜の千秋さんは、《夜》のせいか、いつもよりおしゃべりである。

「なるほど」

　受けように困って間の抜けたいい方になってしまう。千秋さんは、ふっと、それこそ夢から覚めたように、

「ああ、そうでした。あのこと……」

「原稿料ですね」

「はい」

「三十四枚ですから、一枚三千円で、まあ十万円というところですね」

「……はい」

「明日、お届けにあがりましょう」

　徹夜で頑張れば朝には仕事が終わる。その足で会社に行って原稿料を預かってくればいい。

「いいえ、うちより……」

「外がいいですか」

　ちょっと沈黙があってから、蚊の鳴くような声で、

「……今度は、失礼のないように気をつけますから」

「はあ、こちらも――」用心しましょう、といいかけて止《や》めておいた。「御指定のところに参上しますが、どこがいいでしょうね」

千秋さんは考えて、

「あの、水族館ではいかがでしょう」

「かまいませんよ」

そこで名の上がったのが東京湾沿いにある臨海水族園である。JRの京葉《けいよう》線で行けば駅の前だという。

「わたし、あれから反省のためにずっと蟄居《ちっきょ》していたんです。その間に新聞で読んで、行ってみたいなって思ったんです。カツオやマグロの回遊が見られるんですって」

「――そういえば、お魚はお元気ですか」

あれから打ち合わせのために、世田谷の新妻邸には二回ほど行っている。千秋さんの大きな部屋の、かつてグランドピアノのあったところには、台の上に一抱えほどの水槽が置いてあり、五、六匹のカラフルな熱帯魚が水草の林の中を散歩していた。ポコポコと上がる泡がなければ、何もないかと思えるほどに水は透き通り、綺麗《きれい》に見えた。

水槽の住人達が何という種類に属するのかは知らない。千秋さんは、彼らもしくは彼女らのことを、いつも《お魚》と呼んでいた。

「はい。風邪《かぜ》もひきません」

それから待ち合わせの場所と時間を決めた。十二時に、カツオ・マグロの前である。

「用意するものはありますか」

「別に結構ですよ。印鑑があるといいんですけど、サインでもかまいませんから。三文判じゃあ、《新妻》なんてないでしょう」

千秋さんは、秋の湖のように静かになり、それから寂しげに微笑《ほほえ》んだような声でいった。

「ありますわ」

「あ。――そうですか」

「ええ。わたしって、そんなに特別じゃあないんです」

電話をチンと置くと、大島がすかさず冷やかした。

「長電話だなあ。仕事用の声じゃないぞ。相手はかわい子ちゃんなんだろう」

「うるさい。何もいわないでくれ。ああ、俺は無神経だ！」

大島は、力強く頷《うなず》き、

「そうだ、確かにそうだ」

ウーロン茶は、すっかり冷えていた。

5

曇り硝子の窓の外がぼんやりと白み出し、近くの自衛隊駐屯地の起床喇叭《らっぱ》の響きが聞こえてくる。何ともわびしい感じのするのが、出張校正の徹夜明けである。

それからも仕事は続き、結局あがったのは八時頃になっていた。

コーヒーの出前をとり、サンドイッチを食べ、時間をつぶしてから会社に向かった。会計で、千秋さんの原稿料を貰《もら》い、真美ちゃんに《一時間だけ寝るから起こしてくれ》と頼んで和室に入り、布団を引っ張り出し、それにくるまった。

これが間違いのもと。《岡部さん、一時よ》といわれて、《違うんだ!》と跳び起きたが後の祭り。とにもかくにも誠実さを表現しなくてはと、会社から駆け出した。

外は、昨日とは打って変わって、気持ちよく晴れ渡っている。道行く人々の姿もどことなくのどかである。寝過ごしさえしなければ今頃はこちらも、この青空の下、千秋さんと並んで渚《なぎさ》の散歩と洒落《しゃれ》こんでいたかもしれない。そう思うと、余計、情けなくなる。

約束の臨海水族園まで、電車の中でも走るようにして駆けつけた。

硝子張りの巨大なドームに入り、エスカレーターで地の底に入って行く。テレビの少年向け連続ドラマで、地球征服を企《たくら》む悪人達のアジトにでもしたら似合いそうなところだ。

千秋さんのいった大水槽は確かに見事なものだった。壁一面、はるか天井高くにまで広がる大画面の向こうは、孔雀《くじゃく》の羽根にあるような青緑の色を帯びた水である。そこに大きな魚が、文字通り群れをなして回遊している。驚いたのは、それが全部メタリックシルバーに見えることだ。《金ぴか》ならぬ《銀ぴか》、まるでぜんまい仕掛けの作り物のような感じがする。

平日だというのに、歩行者天国顔負けの賑《にぎ》わいぶりで、人を探すのにこれぐらい具合の悪いところもなさそうだ。おまけに水槽を引き立たせるためか、中は薄暗い。

「混《こ》んでいる。もう嫌だ。二度と来たくない。——とお思いの方、前へお進み下さい。前はすいております。まだまだ観《み》るものはございます」

剽軽《ひょうきん》な係員がマイク片手に人の海の中を泳いでいる。くたくたになりながら、建物の中を通り抜けたが、こちらの探している《お魚》にはとうとう巡り会えなかった。

6

どっと疲れが出た。東京駅まで戻ってスタミナ・ドリンクの高いのを一本飲み、景気付けをしたところで、新妻邸に電話をかけた。しかしながら、お嬢様はまだ帰っていないという。

すごすごと家に帰り、取り敢《あ》えずは万全の体調を整えてから全身全霊を挙げて謝ろうと、布団を敷いた。だらしないもので、二十《はたち》の頃なら二日ぶっ通しの徹夜ぐらい何でもなかったのに、四捨五入すると三十という今では、締め切り間際から校了まで睡眠不足が何日か続くと、覿面《てきめん》にこたえる。年は取りたくないものだ。

気が付くと、台所でごとごとと音がする。兄貴が帰って来て、何かやっているのだ。兄貴といっても同い年、双子なのである。職業は警視庁の刑事。こちらが岡部良《りょう》介《すけ》で、あろうことか、あちらが岡部優介《ゆうすけ》という。

パジャマで台所へ行くと、優介兄貴は納豆の残りを肴《さかな》にビールを飲んでいた。

「しまったなあ」

「何がしまっただ」

「電話をしなけりゃいけなかったんだ」

「もう十二時だぞ。それでも大丈夫なところか」

「いや。――それじゃあ、もう駄目だ」

「だったら、深層心理学からいって、かけたくなかったんだよ、お前」

「そうかも知れない」

「寝過ごすのが嫌なら、起こしてくれるような人を、早く貰え」

「遠慮してるんだよ。兄貴の方が先だろう」

「そうだなぁ」

　こういう反応は珍しい。

「どうかしたのかい」

「何が」

「来てくれそうな相手でも出来たのかい」

「とんでもない。ただ腰が痛くてなあ」

「は？」

「いや、こういう時、腰でも揉《も》んでくれるのがいると有り難い」

　いうことが功利的である。

「そういうことをいうと不埒《ふらち》だと責められるぜ。愛情があるから結婚するんだろう」

「愛情があれば腰ぐらい揉んでくれるだろう」

「そりゃあまあそうだ」

そこで兄貴はもう十分に混ぜてある納豆を、更にやけになったようにかき回した。

「畜生、思い出しても腹が立つ」

缶ビールをぐっと飲もうとし、イテテ、と腰を押さえる。こちらも椅子《いす》に座り、聞いてみる。

「なんだい、いったい」

「到底、人にいえるようなことじゃあない」

「というのは？」

水を向ければ何でもしゃべる兄貴である。警視庁にとってこんな危険な人物はない——と思えるかも知れないが、これも相手が双子の弟なればこそ、他の奴《やつ》にだったら拷問にあっても口は割らない（少なくとも、しばらくは割らないだろう）。

「投げ飛ばされたんだよ」

「へぇー」身びいきでいうわけではないが、優介兄貴は強い。警視庁の黒帯、高校の頃には都の大会で賞を貰っている。「相手は、よっぽどの凶悪犯だな」

「ああ、凶悪だ」

苦り切った調子で続ける。

「――まったく凶悪な小娘だった」

7

優介兄貴は納豆を食い、ビールを飲み、また納豆を口に入れ、もぐもぐやり、ビールを飲んでから、いった。

「どうかしたのか」

「いや――」

立ち上がり、冷蔵庫からスモークチーズを出して来て切った。我ながら、厚い薄いが不揃《ふぞろ》いで不細工である。

コップを置き、缶のビールをそちらに注《つ》いでやる。

「馬鹿に、サービスがよくなったな」

「肩でも、お揉みしましょうか」

兄貴を投げ飛ばせる《小娘》が、この東京に何人もいるとは思えない。ましてや、今日の日である。こちらが遅れたとばっちりを食らって、どこかでお嬢様の制裁を受けた可能性は十分にある。広いようで狭いのが世間である。としたら、兄貴の立場はまことに悲惨を極めている。

「気持ちの悪い奴だなあ」

缶ビールを持って来て、こちらもチーズをつまみながら、

「それで、事件はどこであったんだい」

「場所が場所だからみっともないんだ。家族連れやアベックやらが群れをなしている真ん前だ」

はっとする。

「ひょっとして臨海水族園かい」

兄貴は、缶ビールのお代わりを取りに立ちながら、

「気持ちの悪い奴だなあ――と、もう一回いってやりたいが、お生憎様《あいにく》、種は分かってるんだ。新聞、読んだな」

テーブルの上に夕刊が置いてある。すぐに取って広げる。一番最初に目に入った社会面のトップ記事に、引っ繰り返ってしまった。

夕子ちゃん、無事帰る
喜びの両親

これはいい。問題はその次である。


犯人はマスクの若い女？

臨海水族園から逃走

8

「うわあっ」

叫んだのはこちら。気配に振り向くと、兄貴が後ろから覗《のぞ》いていたのである。

「何だ。その声は」

「いや。何でもないよ。ただ、びっくりしたんだ」

「おかしな奴だなあ」

兄貴は座ると、ビールを缶からコップに注ぐ。ストーブがついているので、台所は暑いぐらいである。

「この逃げたという《女》が、兄貴を投げた小娘かい」

「ああ、そうだ」

「どんな子だった？」

「華奢《きゃしゃ》な感じの娘だったよ。ジーパンに水色のTシャツ、それに男物みたいな白い薄地のブルゾンを引っかけてた。二十ぐらいだろうな。顔は隠していたから分からない。紺の帽子を目深にかぶって、大きな白いマスクをしてやがった」

「――風邪、ひいてたんじゃないかな」

「何、寝ぼけたことといってるんだ。誘拐犯なんだぞ」

「この、夕子ちゃんが誘拐されたのかい」

韻を踏んでいる。

「そう。世田谷のお医者さんの子供だ。小学二年生。昨日の夜、遅くなっても帰って来ない。やきもきしていると、九時頃、電話があった。中学生の姉さんが出てみると、圧《お》し殺したような男の声で、《あんた、姉さんか、妹はあずかってる。親を呼べ》。そこで《お父さん、誘拐犯人からだよっ》という大騒ぎさ。親父《おやじ》が出ると《明日十二時、臨海水族園の大水槽の前まで一千万円持って来い》と命令し、決まり文句の《警察に知らせたら娘の命はない》を付け加えて、切ってしまった」

「なるほど」

「朝から大慌てで金を揃《そろ》え、親父が水族園に出掛けた。所轄署と地元の警察、本庁から刑事が出て、アベックやら何やらといったさりげない様子で網を張っていた」

「ほうほう」

「勿論《もちろん》、子供の命が最優先だから、受け渡し即逮捕となるかは微妙なところだ。胃が痛むよな、こういう事件は」

「キリキリするよ」

「要求金額がインフレの御時世から考えたら、意外と少ない。手慣れないやつの衝動的犯行とも思える。考えなしの、命を安く見ているような奴が相手だったら、一番手におえない」

それはそうだが、こちらが気になるのは別のことだ。

「で、兄貴はどこにいたんだい」

「分かるかなあ。お前、臨海水族園なんて行ったことないだろう」

「あるよ」

「そうかい」

「ああ、――比較的最近だ」

兄貴はジロリとこちらを見た。家長の目である。

「デートか」

「仕事だよ」

優介兄貴は《雑誌社というのは、わけの分からん仕事が多いからなあ》と、つぶやき、ビールを口に運ぶ。そうしながら、忌まわしい記憶を頭の中で整理しているようだった。

「あの水族園の出口に近い方にな、淡水魚を見せる小さな建物があるんだ」

「ああ、分かる分かる。昨日の事のように、鮮やかに分かる」

人工の渓流が作ってあり、そこに住む魚の生活ぶりを、低い位置から《ちょっと失礼》と覗けるようになっている。本館の方の押すな押すなの大混雑を抜けて、そこまで歩いて来ると、辺りはかなり空《す》いた状態になる。もうくたびれ果てて、ひたすら《帰心矢のごとし》で、寄らずに通り過ぎて行く人もいる。そのせいかも知れない。

「持ち場がそこで、十一時から何度か、さりげなく通り抜けてみた」

「あんなところを、何度も行き来していたら、相当、さりげがあるんじゃないか」

「まあ、黙って聞け。待ち合わせ場所は大水槽の前だから、まったく関係のないところだ。しかしながら、事件は生き物、何があるか分からない。園内の各ポイントに腕の立つ刑事を配置したというのが、図に当たった。十一時半、後ろから声をかけて来た女がいた。――《何だ、こんなところにいたのか。早いじゃないか》

兄貴は、そこで親切に《気分でも悪いのか》と聞いてくれた。

「――いや、別に」

「そうか、それならいいんだが、今日はお前は、気のせいか、元気がないぞ。――ま、それはともかくだ。どういうわけか分からんが、飲みに行っても、《あなた警察の方でしょう》なんていわれることがある。昼間も、ごく平凡な水族館愛好者の顔をしていたつもりだったんだが」はたして、どんな顔なのだろう。「――きっと、漲《みなぎ》る殺気を気取られたんだな。それにしても、人質を取っているとはいえ、向こうから警察関係者に声をかけて来るとは、まったく大胆千万な奴だ」

「そりゃあ、おかしいよ」

「何が」

「だってさあ、そんな風に話しかけて来たとしたら、待ち合わせの相手と間違えた、と考える方が普通だろう」

「普通だったら、普通に考えるさ」

「というと」

「いきなり、こっちの目の前に両手を広げて、指十本突き出した。そして時季外れのひぐらしみたいに《金、金、金、金》。はっとしながらも、踏みとどまって《何のことでしょう》と答えた。そうすると、子供が怒ったような眼になった」そこで、ほっと息をつきスモークチーズを齧《かじ》ってから、「その眼で、こっちを睨《にら》みつけた。辺りをはばかるように声を落として、《とぼけるんじゃないよ、約束の金さ。持って来たんだろう。早いとこ出しちまいな》。そっと周りを見回したが、建物の中に警察関係者は俺一人だ。娘の仲間らしい奴もいない。一対一なら、こんな小娘一人、取り押さえるのは赤子の手をひねるより簡単――と思ったところに、こっちの油断があった」

「なるほどね」

そりゃあ、あの子猫のような外見を見たら、誰《だれ》だってだまされる。兄貴の罪ではない。

「《はあ、しかし、約束の場所は大水槽の前でしょう?》といったら《それが、どうしたんだよ。ここであったんだから、ここでくれたらいいじゃあないか。こっちは十二時の約束に、九時半から来て待ってるんだ。お前、アタシのこと、からかって面白いのかい》。《いや、別に面白くはありませんがね》というと、驚いたことに目尻《めじり》を潤ませて、きっと首を振り、《もういいよっ、アタシは帰るっ！》。さあ、ここが判断の難しいところだ。十二時は目前、外に出られて仲間と連絡を取られたらアウトだ。取り押さえるしかないだろう。後ろから、ぎゅっと――」

「抱き締めたのか！」

「馬鹿っ、羽交い締めにしたんだよ」

9

「ま、正確には、したつもりだったんだ。細身の暖かい体を確かにつかんだという――」兄貴は手を、肩をすくめかける途中のようにしてから前に持って来て、右手、左手とまじまじと眺めた。「この手の内側に、その感触がまだ残ってるんだがなあ。何か不思議なものでも懐の中に入ったような」

こっちの手を伸ばして、優介兄貴の《手の内側》をパタパタとはたいてやった。

「どうしたんだ？」

「そんな感触、残しといたってしょうがないだろう」

「ああ、口惜《くや》しいだけだからな」

「そうだ、無論、口惜しい。とんでもないことだ」

兄貴は、取り逃がした失策を非難されたと思い、《一言もない》と一言いってから、

「それでだなあ、その押さえた腕の中で、吐息と、心臓のどきりと、微《かす》かな悲鳴が一緒になった、声みたいなものが聞こえたんだ。次の瞬間、小娘がふっと背伸びをしようとした。こっちは押さえ込もうと、ぐっと力を入れた。それに合わせて、実に自然に、娘の体が沈んだと思うと、視界が滝のようにさぁーっと流れてな」

「どすーん、か」

「そうなんだよ。背中を打って息が詰まった。本館よりは少ないが、見物人がいたからなあ。まかり間違って、子供の上にでも投げられたら、と思って後でぞっとしたよ。こっちの体より、その方が恐《こわ》いだろう。ところが運よく、測ったように人と人の間に綺麗《きれい》に投げられたんだ」

そりゃあ測ったに違いない、先に子供がいたら唇を噛《か》んで我慢していたろう——と思ったが黙っていた。

「で、逃げられたと」

「ああ。ぱらりと帽子が落ちた。そのまま残っていたら、何かの手掛かりになったんだけれどな。すぐに拾って、兎《うさぎ》みたいに駆け出して行った。——しかし、あいつは相

当したたかな奴だぞ」

「そりゃまた、どうして」

「初犯じゃないんだよ。逃げながら、こういったんだ。《また、やっちまった》ってな」

「ああ、……なるほど」

「恐れ入るだろう」

時計が、間の抜けた調子でボーンと一時を打った。

「追いかけたのかい」

「そうしようと思ったんだが、やられ方がひどくてな」

「今度は、手加減しなかったんだ」

「何？」

「いや、何でもない」

「気ばかり焦って、《うー》とうなっていたら、五歳ぐらいの女の子が走り寄って来て――」

「助けてくれたのか」

「いや、《ちかあーん》と叫んで蹴《け》っ飛ばした」

「《ちかあん》？」

「痴漢だよ、痴漢」

目も当てられない。

10

「母親が《あら、どうも》といって、その子の手を引き出口に急ぎながら、《よくやったわね》。《お、奥さん。違うっ》とうめきつつ、腰を押さえながら外に出ようとしたら、プロレスラーみたいな屈強の男が《女房に、何か文句があるのか》。ますます、混乱して来てわけが分からなくなる。その間にマスクの女は、あっさり逃亡してしまった」

「大水槽の方はどうなっていたんだ」

「こちらには、怪しい奴は現れずさ。身代金受け渡しは出来なかった。同じ頃、家の方は大変だ」

「家って、その誘拐された子の自宅かい」

「そうさ。電話が鳴った。奥さんが出ると、燃え盛る火の音と一緒に《警察を呼んだろう。こっちは子供のいる部屋に火を点《つ》けたからな》という、こもったような声。奥さんは、うろたえて大騒ぎだ。――まあ、これで、本当に夕子ちゃんが帰らなかったら、俺も今頃、家出していたんだがな」

「というと、その電話は？」

「金の取れなかった腹いせに、ただ脅かしただけらしい。夕子ちゃんは無事さ。一時過ぎに、西船橋《にしふなばし》の駅から、当人が可愛い声で電話をかけてきた」

「解放されたんだ」

「ああ。話によれば、前の日の夕方、家の前まで帰って来たら、白い車が停《と》まっていた。乗っていたおばさん二人に《お父さんが交通事故にあったから、すぐに病院に来て》とせかされた。相手が女だということもあって、そのまま乗り込んでしまった。そうしたら、実は誘拐なんだって種を明かされてね、《明日のお昼には何があっても帰してあげる、お願いだからおとなしくしていて》と丁重に頼まれたそうだ」

「すると、犯人はおばさんの二人組かい」

「水族園に来た奴がいるから女が三人だ。それと、電話をかけてきた男だなあ。ま、もっとも小学二年生から見た《おばさん》なんだから、二十代ということだって当然考えられる。確かめてみたら、《若いおばさん達》だったというんだ。人相の方は、車が動き出すと二人ともすぐにマスクをかけてしまったので、殆《ほと》ど記憶にないそうだ。どうだ、ここでもマスクが出て来たぞ」

「水族園の女と繋《つな》がるっていいたいんだろう。——だけど、自然に顔を隠すんなら誰だってマスクを考えるよ。それだけで両方を結び付けるのは短絡的だと思うなあ。第一、四人でやったんなら分け前は一人頭二百五十万にしかならないぜ。少なすぎないか」

兄貴はニヤリとして、

「しかし、三人にまでなら絞れる」

「三人にまで？」

「男の電話というのが妙にこもったような声なんだよ。今は、デパートに行けば声の高さを変えられる玩具《おもちゃ》を売ってるんだ。そういうのを使った上で発声まで男らしく作れば、女だってあれぐらいの電話がかけられる」

「それが水族園の小娘の役回りか」

「ああ。能天気な仲良し三人組の、お遊び気分の犯罪さ。そう考えれば金額が少ないことも分かる。海外旅行ぐらいは楽に出来る金額だからな。それから誘拐した相手が女の子というのも納得出来るし、扱いがソフトだったのも、駄目となったらすぐ諦《あきら》め

て帰してよこしたのも、全部分かるじゃないか」

「はあー」

「感心したか」

優介兄貴はぐっと胸をそらし、またイテテと腰を押さえる。

「うん」

「それで問題の夕子ちゃんだが、夜は車の中で二人に挟まれ毛布にくるまって過ごした。無理に逃げなくとも、《お昼には必ず帰してやる》といっている。やさしそうなおばさん達だったし、ほしいといったらアイスクリームも買ってくれた。アニメのことなんかで話も合ったから、おとなしく付き合っていたというんだ」

「そして十二時過ぎには、《帰っていい》といわれたわけだ」

「ああ。夕子ちゃんの元気な姿を見て、父親と奥さんは、ほっと胸を撫《な》で下ろした。――まあ、それ以上に安心したのはこっちだけれどな。考えてもみろよ、自分のせいで、一家四人の家族が、一家三人になってみろ。お前みたいに、のうのうと寝てなんかおれんぞ」

その気持ちはよく分かる。

「大変な一日だったんだなあ……」

「よく分かったか。ま、しかし、呑気《のんき》なのはお前ばかりじゃないよ。こうなった今は笑い話だがな、身代金の受け渡しがどうなったかと気を揉んでいる最中にな——」

「うん」

「上の娘が自分の部屋から台所まで、わざわざクッキーの缶を取りに来たそうだ」

「はああ、クッキーねえ」

「奥さんは、自分の気を落ち着けるのと併せて刑事連中にお茶でも出そうとしていたそうだ。そうしたら、二階の部屋からトントンと降りて来て、そいつをすっと持って行った」

「その子はクッキーで気を落ち着けようと思ったのかもしれない」

「そうかもしれない。しかしまあ、羨《うらや》ましくもあるな。そんな時に菓子を一箱持って行けるなんてえのは。やっぱり子供なんだよ。一番腹の空く年頃なんだなあ」

そういわれれば一抹の懐かしさと共に頷きたくなる。

「なるほど。それにしても……怒ってるだろうなあ」

「誰が？」

「小娘がさ」

「何いってるんだ。犯罪は引き合わないもんだ。金が手に入らないのは当ったり前だっ。——しかし」

兄貴はそこで言葉を止めると、水槽でも覗き込むようにコップの中を見た。小さな泡が幾つも、むきになった子供のように一所懸命、上へ上へと駆け昇って行く。

「何だい？」

兄貴は泡の行進を見つめたままで、答えた。

「——悪い奴のわりには、綺麗な眼をしていたなあ」

11

今月号の仕事が徹夜まがいの連続と最後の本物の徹夜のおかげで片付いていたのが、何よりである。翌日は千秋先生のお宅に伺うことにした。これは伺わないわけにはいかないだろう。

お嬢様は世田谷の、駅からはちょっと離れた住宅地に住んでいる。まさかディズニーランドまでは作れないにしても、新妻邸の地所はかなり広い。

明治物のドラマのロケーションに使えそうな、嫌みなぐらいに長い煉瓦《れんが》塀も、今日は短く思えた。門の前に立った時には、もう着いてしまった、という感じだ。小学生が職員室に怒られに行く時のようである。

ベルを押し、案内を請う。いきなりスピーカーから《ちかあーん》という声でも聞こえてきたら、どうしようかと思ったが、すんなりと、見慣れた中年女性が出て来てくれた。

庭を抜けて行くと、遠くに、懐かしいような花をいっぱいつけた桃の木が見えた。春の光を浴びながらも相変わらず無愛想な顔をしている石人像の横を抜けて、玄関にたどり着いた。

がっしりとした体格の赤沼執事が、そこで待っていた。

「どうなすったんでございますか、昨日は」

「お嬢様は、何とも？」

「はい、夜お帰りになると、すぐお部屋にこもってしまわれて。わたしが参りましても入れてくださいません」

ジロジロとこちらを見て、安心したように溜息《ためいき》をついた。

「何ですか」

「いや、あなた様が何かなすったんなら、普通の体ではいらっしゃらない筈《はず》ですからなあ」

「そんな――」

とは答えたものの、半分は当たりである。

階段を上り、お嬢様の部屋まで来る。赤沼執事が大きなドアをノックした。

「ハイ」

「お嬢様、『推理世界』の岡部様でございます」

小さな声が、堅い調子で答えた。

「――三分待っていただいて」

赤沼執事は鎖をたぐりポケットから時代物の時計を取り出し、百八十秒を数え、

「よろしゅうございますか」

同時に中から、《どうぞ》という声が聞こえた。執事は一礼して去って行く。

景気づけに咳払《せきばら》いをひとつしてドアを開けた。

広い洋間である。中央の丸テーブルの上に紅茶のセットが置かれ、こちら側の茶碗《ちゃわん》からだけ愛らしく湯気が上がっていた。三分の間に、お嬢様がいれてくれたらしい。

部屋の主は、と見ると、窓のところにいる。敷き詰められた絨毯《じゅうたん》が窓の近くでは切れ、その先は拭《ふ》き込まれてよく光る板の間になっている。

お嬢様の立っているそこは、わずかに庭に張り出した感じで、緑の木々の何本かが

硝子の近くに迫っていた。窓枠は自然のそれよりは青みを帯びた軽快な薄緑である。カーテンは幸せそうな蜜柑《みかん》色だ。

お嬢様は奇妙なことに、そのカーテンで左半身を隠している。

外ではラフだが、自分の家で会う時は、いつもよそ行きの格好をしている千秋さんである。本日の装いは、ごく淡いパステルピンクのスーツ。濡《ぬ》れたように長い髪の漆黒が、そのスーツの色の朧《おぼろ》な広がりをきりりと押さえている。色白の顔の、愛らしい口も見えているのは半分、利口そうな瞳《ひとみ》も左は隠している。

「どうなすったんですか」

お嬢様は、視線を下に落とし、

「……わたし、今日は半分だけお会いしようと思うんです」

「どういうことです」

「本当はお会いしたくないんです。でも、《今度は失礼のないようにする》といっておいて、あんなことをしてしまったんですもの。……謝ろうという半分の方は、どれだけ嫌でもお会いしないわけにはいかないでしょう」

慌てて手を振り、千秋さんの言葉に、こちらの言葉をかぶせる。

「ああ、あれならいいんですっ。何でもありゃあしない。――痛くも痒《かゆ》くもありません。あんなのは投げられた方の自業自得ですよ」

千秋さんは、ますますうつむき、

「今日、わたしが殺されてたら……」

どきりとする。

「え？」

「犯人はきっと、わたしですわ。——動機は《自己嫌悪》」

右の眼が、輝く星のように数回、可憐《かれん》に瞬いた。

「そちらの半分は、一向にかまわないんです。なさったことは。——問題なのは逆の半分、何というか、受身の方です。された方ですよ」

千秋さんはびくりとした。幕引き役のようにカーテンをつかんだ小作りな両手が、微《かす》かに揺れる。

「どうして、あんな意地悪なこと、おっしゃったり、あの……なさったり……」

「そこです」

「どこです」

「怒ってるんだ」

お嬢様は、下を向いたままでいった。

「お茶が冷めますわ」

「だったら、こっちに来て下さい」

「わたしはここで結構です」

「そうはいかない。あなたを立たせて、一人でお茶なんか飲めない」

「でも、行けません」

「え」

「……恐くて」

それは、こっちの台詞《せりふ》だ。

「だったら、僕が行きますよ」

千秋さんは、声にならない叫び声を上げて、右手を口元に当てた。

かまわずに部屋を横切り、国境を越えるように絨毯から足を踏み出す。お嬢様はきゅっと身を堅くしている。縮めた肩の上には、パステルピンクの大きな襟がゆったりと波を打っている。二重の真珠の首飾りが胸元を飾っている。

眼は伏せたままだ。本当はカーテンで顔を覆ってしまいたいのだろうが、半分会う、と口にした手前、律義にそのままの形を保っている。

「半分でも結構ですから、上半分で会って下さい。椅子に座ればそうなるでしょう。

ね、譲歩して下さい。折り入ってお話ししたいことがあるんですよ」

背広の内ポケットに手をやる。百聞は一見に如《し》かずである。

「——まず、ちょっと、これを見てください」

写真を取り出す。兄貴と二人で撮《と》った写真だ。といっても社会人になると改めて、ハイ、チーズ、などということも、あまりない。まして兄弟揃って写っているのは少ない。引き出しを引っ掻《か》き回して、ようやく見つけて来た。
四、五年前の正月のものだ。左にいる兄貴は紋付き袴《はかま》である。刑事というより、二代目襲名といった感じだ。右にいるこちらは、炬燵《こたつ》から這《は》い出て来てカメラにおさまったというような、くたびれたセーター姿。しかしながら、着ているものの上にある顔は、複写でもしたように瓜《うり》二つである。
お嬢様は、その写真をちらりと見、次いで、大きな眼をいっそう大きく見開いた。

「どなたですの、この左の方?」

《それが——》といいかけて、はっとした。

「どうして、右の方が僕だと分かるんです」

千秋さんは顔を上げ、不思議そうにこちらを見つめた。

「本当……わたし、どうして分かるのかしら」

12

「着ているもののせいですか」

くたびれたイメージのせいだとすれば、有り難くはない。

「いいえ、そうじゃないんです。何故《なぜ》だか、……」それから、《ああ！》というように頷《うなず》いた。「こちら、昨日の方だわ」

「そうなんですよっ」

千秋さんはカーテンを横にやり、写真に顔を近づけた。

「こうして二人並ぶと分かります。わたし、昨日はそんなこと、少しも考えなかったから。そうすると――」

「ええ。あなたは一人で二人だけれど、僕達は二人で二人なんです」

「つまり、双子なんですね」

「向こうが兄です。似てるんです」

そこで千秋さんは、わずかに身を引きながら、両手を交差させて自分の肩をつかむようにし、まじまじとこちらを見た。

「岡部さんのお兄様って、知らない女の人に、よくああいうことをなさるんですか」

「とんでもない。仕事なんです」

千秋さんは息を呑《の》んだ。

「ああいう仕事をなさってるんですか!」

頭をかかえてしまう。

「まあ、とにかく座りましょう。説明しないと分からないことばっかりなんです」

お嬢様は、なおもいぶかしげな様子ながら、こくんと頷いた。飾り暖炉の上にのせた小さな、白地に花模様を散らした電気ポットから、陶器のティーポットにお湯を取り、椅子に着く。そこで思い出したように、コンコンと咳《せき》をした。

「いかがです、風邪の方は?」

「はい、昨日までは咳がひどかったんですけど、一晩寝て、大分よくなりました」

「それはよかった」

「ありがとうございます」こちらの茶碗《ちゃわん》に視線を向けて、「替えましょうか」

もったいない。ごくりごくりと飲んでしまう。今日の茶碗は、小ぶりである。そのせいだけでなく、持ってみると嘘《うそ》のように軽い。洋風のものだと思うのだが、白地に落ち着いた金で、梅の枝が描かれている。内側は桜貝のような色をしている。飲み終

える と、薄桃色の向こうに、外側の梅の枝がうっすらと浮かぶ。肌が、それほどに薄いのだ。よくは分からないが、きっと名のある品なのだろう。千秋さんは、新しい紅茶を二人の茶碗に注ぎ分けてくれた。

順を追ってこと細かに話す。千秋さんはマルコ・ポーロから黄金の国の話でも聞くように、目を大きく見開きながら一々頷いていた。

殊に感心したのが、どういうわけかクッキーのエピソードである。

「ああ、クッキーですか！　なるほど、そうだったんですか！」

しきりに嘆声をお上げになるが、そんなことにどうして感心するのかわけが分からない。変わった人である。

嫌なことが後回しになってしまった。こちらの遅れた事情を述べ、《何ともはや》と、テーブルに手をつき頭を下げる。

お嬢様はすっかり恐縮し、

「あら。それでしたら、どっちにしてもわたしが先にお兄様を見つけてしまいます。だって、岡部さん、時間まで大水槽の前でお待ちになるおつもりだったんでしょう」

「それはそうです」

「だったら、お気になさることはありませんわ。時間通りにいらしていても、わたし、結局同じことをしていましたわ。運命ですわ」ぽっと頰《ほお》を染め、照れ隠しなのか大げさなことをいう。「それより、——痛い運命の方をどうお詫《わ》びしたらいいのか」

「兄貴ですか」

「はい」

「大丈夫、ピンピンしてますよ」

実は兄貴の方は、一晩寝て痛みが増したようだ。まあ、頑丈な男だからすぐに回復するだろう。

「それで、こちらが原稿料です」

「あ」千秋さんは、にこりとした。「嬉しいです。わたしも、お金が稼げたんですね」

小走りに次の間に行って、印鑑を取って来る。

「それが三文判ですか」

「そうなんです」くすりと笑う。「でも、この間の電話の話、実は半分しか本当じゃないんです」

「はあ?」

「これ。デパートで赤沼が買って来てくれたんですけど、《新妻》は置いてあるところと、ないところがあるんです。わたし、ですから——ちょっぴりは珍しいのかもしれません」

額にかかった髪を軽くかき上げ、千秋さんは領収書にサインをし、判を押した。

「さてと、やはり警察に行かないとまずいでしょうね」

手続きが終わったところで、そういってみた。

「わたしが、ですか？」

「ええ、抵抗があるかもしれませんけど、追われているとなったら気持ちが悪いでしょう。本当のことはいっておいた方がいい」

「それはそうですけれど、ものには順序があるでしょう」

よく分からない。取り敢えず相槌《あいづち》を打っておいた。

「ええ、まあ」

「だったら、まず当人に話させた方がいいんじゃありませんか」

「当人？　当人って、誰です」

千秋さんは、けげんそうな顔をした。

「勿論、犯人ですわ」

耳を疑い、取り敢えずは間を持たせるために、ヨーロッパ中世風俗とでもいった絵が青い線で描かれている小皿から、クッキーをつまんで口に入れた。お嬢様は、誰が

《犯人》だといっているのだろう。

千秋さんの方は、首をかしげながら、

「だって……クッキーが」

「はあ」

思わず口を押さえてしまう。

「いえ、あの……」とお嬢様はいいよどみ、「それじゃあ、《その線》で進んでいないんですか」

「――はあ。とにかく解決してはいないようですが」

「でしたら、わたしのお先走りかしら。……そのお宅、確か世田谷とおっしゃいましたよね」

クリスマスには、謎《なぞ》という氷をお日様のように溶かしてしまった千秋さんである。そのお手並みがまた拝見出来るなら、見物料を払ってもいいくらいだ。

「そうです」地名を上げる。このお屋敷から遠くはない。そそのかしてみる。「それで、兄貴の話ですとね、報道陣も昨日の夕方前に引き上げて、警察の事情聴取も夜には終わっていたそうですよ」

千秋さんは眼をぱちぱちさせ、ゆっくりと紅茶を口に運んだ。

13

待っていると、さわやかな白のタックパンツの脚が階段を降りて来た。《問題の家庭のところに行くのだから、水族園の時の格好とは、出来るだけ違うものにして下さい》と、こちらから注文をつけたのである。上はニットの水色のタートル。そして帽子、まとめた長い髪を中に秘めたその色は柔らかみのある白だが、形がちょっと変わっている。

「兎の耳ですか？」

「そうです。昨日、買ったんです」羞《は》ずかしそうに微笑んで、「馬鹿馬鹿しいと思いますか」

「いいえ」

帽子には上に何かが付いている。白いそれは、今は寝ているが手で立ててみれば、まぎれもなく月に住むという動物の耳になる。《お出掛け》が得意ではない千秋さんだ。兄貴が語ったところによれば、昨日は脱兎《だつと》のごとく逃げ出したらしい。今日は頭をこんな風にして勢いをつけ、ぴょこん、と飛び出すつもりなのだろう。

「じゃあ場所を、もう一度、見てみましょう」

《そそのかし》が功を奏したところで、赤沼執事に部屋に来てもらい、世田谷の地図はありませんか、と聞いたのである。田代《たしろ》に持って来させましょう、という返事だった。

やがて五十代ぐらいの、メタルフレームの眼鏡《めがね》をかけた男性が現れた。真面目《まじめ》そのものといった感じ。これが新妻家のお抱え運転手、田代さんだった。お嬢様が車に乗りたがらないから、あまり仕事はないようだ。毎日どうやって過ごしているのかは分からない。あるいは車は勝手向きの用事にばかり使われているのかもしれない。道順も聞けば分かるのだろうが、それでは味がない。道路地図だけ借りた。

玄関から出たところで、立ったまま、その地図を広げる。問題の家の住所は新聞で確認してある。

「門を出て、まず右ですね」

オリエンテーリングの第一ポイントを説明するように、千秋さんにいう。お嬢様はベルトに触れながら、視線を足元に落として、

「まず――門ですね」

「ええ、僕が開けましょう」

千秋さんは、こくんと頷いた。

手順は分かっている。植え込みの中を抜け、門に着く。重い扉を開け外を見る。住宅地の間の細い道だが自動車が通らないものでもない。安全なのを確かめて、

「――いいですよ」

千秋さんは、この前同様、凄《すご》い勢いで前を駆け抜けた。

14

「なあ、リョースケ」

これが同じ人間のいうことである。

「なんでしょう」

「あの木蓮《もくれん》の白い花、何だか、ポップコーンを手にいっぱい握って、パァーッてまいたみたいじゃないか」

「それは新手の花咲か爺《じい》さんですね」

空は、胸を張って歩く千秋さんのタートルにも似て、うららかな水色である。風も、すっかり春のものだ。

三十分ほど歩いた。

道は住宅地を抜け、両側に歩道のある通りにぶつかる。商店街というほどではないが、何軒かに一軒は商売をしている。汗がじわりと沸きだし、背広を脱いで腕にかけた。

千秋さんは汗をかかないらしい。

やがて、玩具《おもちゃ》屋の前に来かかった。鉄道模型のパノラマがショーウィンドウに飾られている。擂鉢《すりばち》を伏せたような山には塗りのはげた白いところがあり、広がる牧場や駅舎も古めかしい。

つっとそちらに顔を向けたままで歩き続ける千秋さんに、あっと声をかける間もなかった。白兎《しろうさぎ》の頭は、日よけを支えて斜めに伸びた鉄の棒に、ゴンとぶつかった。

「あいたっ」

と、立ち止まって頭を押さえる。

「大丈夫ですか」

「壊れやしないよ」

眉《まゆ》をきゅっと寄せながら、口を《へっちゃらだい》というようにとがらす。

やれやれ、と思いながら、車道側に寄って先に目をやると、意外なぐらい近くに

《耳鼻咽喉《いんこう》科・瀬崎《せざき》医院》の看板が見えた。前にゆったりと駐車場が取ってあり、建物そのものはかなり引っ込んでいる。だから目立たなかったのだ。

前まで行くと、真新しい三階建て。なかなかに立派である。しかし建物より以上に、十台は停《と》められそうな駐車場の方が贅沢《ぜいたく》なのかもしれない。そのスペースは贅沢にしても無駄ではなく、停められた自動車も、そして、玄関近くに並んでいる自転車の数も多い。そういえば花粉症の季節である。御繁盛のようだ。時計を見ると二時。午後の診療が始まった頃なのだろう。

「ここです」

振り向いて声をかけると、千秋さんは頭を押さえたままで、いった。

「奥さんに会いたいな」

15

右手に、家の横を通る細い道がある。医院ではなく、住まいの玄関に通じるようだ。そちらに廻《まわ》り、チャイムを鳴らす。カチリという音がし、《はい》という女の声がスピーカーから聞こえた。

「あの、昨日、水族園の方にまいりました者です。岡部と申しますが」

嘘《うそ》ではない。

「水族園？　刑事さんですか」

さて、どうしようかと、ちょっと迷った。すると、いきなり、せわしない声がした。

「あ、替わりました。岡部さん？」

「ええ、そうです」

冗談ではない。警察関係者がいるらしい。難しい質問だったら、舌がつっていると
ころだ。

「――どうしたんス。馬鹿に丁寧じゃないスか」早口である。《です、ですか》が
《ス、スか》と聞こえる。「分かった！　腰が痛くて、機嫌が悪いんだ」

機嫌が悪いのと丁寧なのが、どうして結び付くのか分からない。相手は勝手に、ク
クク、と笑って、

「何にもないスよ、こっちは。やっぱり今更、電話はして来ないスね」耳障《みみざわ》りだ。

「で、何ス？」

双子は喉《のど》の構造も似ているのか、兄貴とは声まで似ているのだ。

「いや、奥さんにちょっと確認したいことがあって――」

《はあー、なるほど》と、力強く応じてくれた。素直なので助かる。とにかく、関所の通行は許可されたようだ。

足音が近づき、鍵《かぎ》を回すカチャリという音がして、ドアが開く。向こうに警官隊でもいるかと、ちょっと恐れたが、薄茶色のスカートに白いブラウスを着た奥さんが立っているだけだった。きつそうな眉をしている。

「どうぞ」

スリッパを一足揃えてマットの上に置いたが、後ろに続く千秋さんを見て、その手が止まった。《刑事》の後から若い娘、という取り合わせだけでも違和感があるだろう。まして兎耳《うさぎみみ》のお嬢様である。

「こんにちは」

そこで千秋さんは、屈託なくぺこりとお辞儀をした。奥さんもつられて頭を下げる。

「御苦労様です」

脇《わき》の応接間に通された。

複製のルノアールが飾ってある。プロレスラーが座ったら似合いそうなゆったりとした藤《ふじ》色の長椅子に、《刑事》と謎の女は並んで腰を下ろす。

やがて、奥さんがいい香りのするお茶をいれてきてくれた。こちらを見ながら、いう。

「昨日は大変だったそうで——」

《はあ、まあ》などと口をもごもごさせながら、茶碗に手を伸ばした。奥さんの方は

《これは、お愛想にならないことをいってしまった》とでも思ったらしく、

「すっかりお世話になりました」と手早く切り上げ、謎の女にちらりと視線をやって、

聞く。

「あの、失礼ですがこちらは?」

「あ、私服で活動しております」

我ながら、よくもまあ、と思う。この世の人間の大半はそうだろう。《嘘《うそ》》はいわなくとも、嘘はつけるものだ。

「まあ、女性の刑事さん?」奥さんは改めて、お嬢様の天国的な美貌《びぼう》をしげしげと見やり、「可愛い方ね」

千秋さんは、つまらなそうな顔を、すっと横にそらした。

16

手を挙げて、曖昧《あいまい》にドアの向こうを示しながら、聞いてみた。

「連中は、ずっと電話番ですか」

こんなところに、さっきのミスター《ス》が、ずかずかと入って来て首をひねり
《何スその女》とでもいい出したら、困ってしまう。

「ええ、勿論《もちろん》、電話が鳴ったらわたしが出るんですけれど、機械で相手を突き止めて下さるそうです」

「昨日は、駄目だったんですね」

「はい。本当に二言三言でしたから、時間が足りなかったそうです」

きょろきょろと真新しいクリーム色の壁を見回していた千秋さんが、突然話に割り込んで来た。

「この家、結婚するんで建て直したの？」

奥さんは唐突な質問にけげんそうに、

「ここですか？」

「そう」

「――ために、というより、その時が来ていたんだと思いますわ。手狭になっていましたし」

「ふうん」

千秋さんは、あっさりと受けたが、こちらは首をひねってしまう。瀬崎《せざき》夫妻が再婚だというのは新聞に出ていたろうか。どうも記憶がない。

そんなことを考えている間に質問の主導権は《女性の刑事さん》に取られてしまった。

「じゃあね、別のことだけど。今、電話の話になったよね」

「ええ」

「二回あった。それで、昨日のは《子供のいる部屋に火を点けた》っていうんだったね」

「はい。もう、目の前が真っ暗になりました」

「その時、お宅の人達はどうしてたの」

「え？」

お嬢様の声が、もどかしそうになる。

「電話がかかって来た時さ」

「――主人は約束通り水族園に行っていましたし、わたしは下の居間にいました」

「上の娘さんは？」

「朝美《あさみ》さんは自分の部屋です」

「学校には行かなかったんだね？」

「はい、何がどうなるか分かりませんでしたし、とにかく、外に出すのが心配でした。だから休ませたんです」

「朝からいたんだ」

「はい」

「それでさあ――」千秋さんはどう切り出そうか、困ったような顔をしていたが、やっぱりはっきり聞くしかないと、「クッキーの話は電話の前だよね？」

奥さんは一瞬、ぽかんとしていた。やがて口元にふっと笑みを浮かべ、

「あら、あんなことお聞きになったんですか、嫌ですわ。ええ、十時ぐらいでしたわ」

「お十時だ」

「それはそうですけれどねえ。わたしなんか、緊張で何も喉を通らなかったんですよ」

口調は柔らかいがどこかに刺《とげ》があった。兎耳の帽子が、ふわり、と床に落ちた。拾ってやろうとすると、お嬢様の小作りな手が伸び、それを膝《ひざ》の上に戻す。そして千秋

さんは、笑みを絶やさない奥さんの顔を、じっと見つめながら、これまた微笑し、

「クッキーのいっぱい入ってる、大きい缶だったでしょう？」

「ええ、そうです」

「彼女、どんな様子だった」

「いつも口数の少ない子ですけど、事件が起きてからは、本当にもう石みたいになってしまって」

「今も？」

奥さんはすっと口を閉じ、横に視線を流した。それからまた焼き増しした写真のように元通りの笑みを、じわりと唇に浮かべ、

「やっぱり、ショックは大きかったようですわ」

「今日はどうしてるの？」

「期末テストが始まるので半日だそうです。先程帰って来て、部屋にいますが」

千秋さんは、ゆっくりとテーブルの上に身を乗り出した。

「呼んでくれる？」

こちらは奥さんが出て行くまで、ルノアールの豊満な女性を眺めていた。ドアが閉まった途端に、スリムな千秋さんに向かい、

「この家の夫婦が再婚だって、どこかに出てました？」

お嬢様は眉を上げた。

「何いってんだ、リョースケ。お前、自分でしゃべったじゃないか」

「は？」

「は、じゃないよ」

お嬢様はそういって、こくんとお茶を飲んだ。考えたが分からない。というより、知らないことをしゃべれるわけがない。

「どういうことでしょう」

「だってさあ、お前、兄貴のいったことを、そのまま話したんだろう？」

「ええ」

芝居っ気のある方だから、身振りまで加えてやったのだが、それがどうかしたのだろうか。

「男親のことは《父親》か《親父》っていったのに、女親は全部《奥さん》っていったぜ。普通だったら、そんな使い分けしないだろう？」

「あ、そうですか」

「頼りないなあ。分かってやってるんだと思ったよ。最初に《母親》と来ずに《奥さん》と来た時には、てっきりおばあちゃん子なのかと思ったぜ。だけどさあ、新聞の見出しは《喜びの両親》じゃないか」

「はあ」

「それじゃあ、《奥さん》と呼ばれる人が《母親》の他《ほか》にいるのかと思うと、《一家四人》だ、というだろう」

「はあはあ」

「おかしいだろう。子供が二人で両親がいる。その子の立場から話していてそうなるとなったら、こりゃあどうしたって《義理の母親》となるじゃあないか。だったら、自然にそう使い分けるのも納得が行くさ」

そこでドアが開き、瀬崎朝美が奥さんに連れられて入って来た。

近頃の子は皆な背が高い。小学校も高学年になると、ランドセルが背中にのった冗談のように見える生徒も少なくない。中学生ともなれば、なおさらである。朝美もそんな大柄の子だった。

ジーンズに、濃紺の横縞《よこじま》のニット。肩幅も女の子にしては広い。ショートの髪をぐっと上げて大きく出した額の下には、不機嫌そうな切れ長の眼があった。合わせたように縦の鼻の線、横の口の線も長かった。

こちらを見、次いで千秋さんを見た視線が《何だ、こいつは》というように変わった。

お嬢様はそこで、つと立ち上がり、兎耳の帽子を、まとめた髪にきっちりとかぶせて、いった。

「この子、ちょっと借りるよ」

17

五歳以上違うのに、二人並ぶと、小柄な千秋さんの帽子は瀬崎朝美の額の辺りに来る。

「どっか近くに、座れるとこない？」

朝美は意外に高い声で、

「そこ行ったところに神社があります」

通りに戻らず路地を抜けると、塀に挟まれた細い坂道がある。二、三分で朝美のいった神社に着いた。

祠《ほこら》は四畳半程度の小さなものである。古びた扉に新しい鈴が下がっていた。その横の土地が綺麗に均《なら》され、滑り台とブランコが置かれ、ベンチもある。

「ちょっと待って」

千秋さんはタックパンツのポケットから、大事そうに原稿料の封筒を取り出し、逆さにして手のひらに硬貨を振り出した。その中から十円玉を一つ取り、次いで、五円玉も追加した。

賽銭《さいせん》箱の前に行くと、そのお金を入れ、頭を下げ、ポンポンと手を拍《う》ち合掌する。瞑目《めいもく》し、合わせた人差し指で鼻筋を撫《な》でるようにしている。何を祈っているのだろう。

「お待ちどおさま」

千秋さんを真ん中にして、ベンチに腰を下ろした。神社の三方は普通の家の塀である。ブロック越しに、組立式物置が見えたりして、荘厳な感じからは程遠い。ベンチの脇には、桜の木が植えてあるが、まだ花の時期には少し早い。

18

口を切ったのは、千秋さんである。

「どうしても、試さなきゃいけなかったのかい」

朝美はじろりと千秋さんの眼を見た。

「分かってるのね」

言葉から丁寧語が、あっさりと消えた。

「クッキーもね」

朝美はしばらく黙っていた。それから、ブランコの方に視線を逸《そ》らし、独り言のように いった。

「あいつのこと試すつもりだったんだ。でも、終わってみると、パパを試したことになっちゃった」

「どうして」

「だって、結局はパパじゃない。あいつが何いったって、警察なんか呼ばないって押し切れば、それまででしょ」

「まあ、そうだろうね」

「当然そうなると思っていたの。見たいのは、あいつの反応だけだったのよ。それなのに――。つまんないものね。男なんて」

三十女のようだ。聞いていて、事件の輪郭は見えて来た。お嬢様がいう。

「一般論にすること、ないじゃないか。男がつまらないかどうか分からないぞ」

朝美はそこで、ふっとこちらを見やり、

「──彼氏？」

コマのはじけるように、千秋さんの頭が逆の方を向き、

「とんでも──」

《ない》のだろうか、《ある》のだろうか。朝美はつまらなそうに、

「まあ、どうでもいいけどさ、そんなこと」

千秋さんは振り向き、かぶせるように、

「ともかく、あんた、警察沙汰《ざた》になるなんて、これっぽっちも考えていなかったんだね？」

「勿論よ」

「そうなって、びっくりしたかい？」

「うん。お前は寝なさいっていわれちゃってさ。でも、一時過ぎまで起きてたんだ。そこで眠って、朝目を覚ましたら、もう警察がいるんだもの。びっくりしたよ。ううん、それより、やたらに腹が立った」

「裏切られた感じ？」

朝美は頷き、足元の土を蹴《け》った。千秋さんはその足の動きをしばらく見ていたが、

やがて、

「妹は家にいたんだろう？」

朝美は眉を上げ、それからいった。

「わたしの部屋の、押し入れの中」

「――そんなとこだろうな。他にないもんね。で、前の日の電話は妹が抜け出してかけたわけだ？」

「そう。近くの公衆電話から」

「小学二年だったよね？」

「うん」

「――しっかりしてるわ」

「それぐらい出来るよ。こっそり裏口から出してやったんだ。パパが来たところで合図して、テープレコーダーのスイッチを入れさせたの。大変なのは家に入れる時の方だったよ。テラスの外に立たしといたんだけど、しばらく待たせちゃってね、怒られちゃったよ」

「ふうん。で、また、どうして水族園を指定したの？」

「別に意味はないわ。新聞で見たから」

「当日は大変だっただろう？」

「そりゃあもう。何たって、家の中に刑事がいるんだもの」

「よく妹を出してやれたね」

「窓から屋根に出ちゃうとすぐに塀なの。夕子は、屋根、好きだから、慣れてるんだ。わたしが外に出て、塀に手を着いて肩を踏み台にしてやったの。そうして降りたんだ」

「後は西船橋まで、一人で行けたの？」

「行ったじゃない」

千秋さんは手を上げ、帽子を撫でた。

「なるほど」

「夕子は電車好きだし、自分でちゃんと地図写して行ったよ」

「ははあ」

「だってさあ、水族園に近いところにいた方が本当らしいだろう」

「まあそうだろうね。少なくとも、あんたの部屋にいるよりは誘拐らしいよ。——それで当日の電話は、あんたがかけたんだね」

「そう。西船橋までテープレコーダー持って行かせるのが大変だったし、警察の人に連れて来られるとなったら、それ捨てて来なくちゃいけないでしょ。もったいないもの」

姉もまたしっかりしている。話は続く。

「――お昼頃、外に出て、公衆電話からかけたわ。部屋で腹立ち紛れに吹き込んだテープを流したの。あいつが電話の前にいてすぐに出るのは分かっていたもの。ちょっとの間でも、どぎまぎさせてやりたかった」

「声は？」

「わたし、放送部なの。放送劇の効果用に声を変えられるマイクが買ってあったの。部活のだけど、それ使って友達にかけると面白いでしょう。だから、たまたま家に持って来てあったのよ」

「じゃあ、あの火事の音も、放送部の関係かなんかで気が付いたのかい？」

そうだ、確か《子供のいる部屋に火を点けた》という電話だったのだ。背後では火が燃え盛っていたのだ。

「そうよ。豆を転がして波の音にするなんて平凡じゃない。全然驚かなかった。だけどさ、火の音にはまいったわ。先輩がテープをかけるわけよ。焚火《たきび》の前で二人で話をしてる場面。それが、どうしたって本当に火が燃えてるとしか聞こえないの。《これ、どうやって作ったか分かる？》っていわれても全然駄目。《じゃあ、やってみるから、皆な、後ろ向いて》っていわれて一年生がそうすると、先輩のいる方で火が燃え出すのよ。びっくりして振り返って、《ああ、そうか！》と思ったわ。セロファンと割箸《わりばし》なの」

「ああ、セロファン揉《も》んで、割箸を折るんだ」

「そう、燃えてる音とパチパチいう音ね。種明かしの後は、そうやってるんだと分かるけど、いわれないうちは、どうしたって火が燃えてるとしか思えなかったわ。こんなことと最初に考えたのは誰だか知らないけど、凄《すご》いと思った」

千秋さんは、ほうっと息をついた。

「偽物と本物の境なんて曖昧《あいまい》なもんだね。そうだと思い込んでる人の耳には、それで確かに炎の音が聞こえるんだからね」

「うん。くだらない女が天使に見えるのと同じだよ」

千秋さんは難しい顔になり、ゆっくりといった。

「普通の人がさ、くだらなく見えることだってあるんじゃない。やきもちのせいでさ」

「だって——」と朝美は千秋さんを睨《にら》んだ。

《警察に知らせたら娘は殺す》っていわれてるんだよ。それなのに平気で通報させちゃう奴なんだから」

「平気でかどうか、どうして分かるの」

「でも――」

「どっちの方が助かる確率が高いか、明方まで悩みに悩んだ末の結論じゃないのかな」

答えはすぐに返った。

「そうは思わない。思えるような奴が相手だったら、こんなことして試そうなんて思わないよ。――何も知らない人にいい加減なこと、いってもらいたくないわ」

千秋さんは、たまらないほど寂しい声でいった。

「結論が決まってるんだったら、試す必要なんかないじゃないか」

19

千秋さんは、澄んだ瞳を少し細めるようにして、前の家の錆《さ》びた鉄柵《てっさく》の塀を見つめながら、

「相手の問題だっていうかもしれないけど、結局さ、お父さんがそのままでいてくれないのが哀《かな》しいんだろう」

朝美は笑った。

「そんな子供じゃないよ」

「待って、そこよ」と千秋さんは、朝美の方を向いた。「あんたは子供じゃなくなった。妹だってそう。自分達が動いてるじゃない。流れてるじゃない。赤ん坊のままで、三つのままで、五つのままで、いてあげられないじゃない。それなのに、お父さんだけに変わるなっていうのは、卑怯《ひきよう》だよ」

朝美は立ち上がり、滑り台の階段の手摺《てす》りに手をかけて長いこと俯《うつむ》いていた。それから、こちらに向き直り、

「面白いことというのね。――当たってるとは思わないけど」

千秋さんは黙っていた。朝美はそのまま歩いて、ブランコに腰を下ろし、

「それで、これからどうなるの。警察に呼び出されて、わたし達、とっちめられるのかしら？」

「それは自分達ですることだよ。警察に行くのは」

朝美はきっぱりといった。

「嫌よ」

「嫌じゃすまないだろう。自分達でやったことなんだから。どれだけの人に迷惑をかけたと思ってるの。今だって、あんた達のために無駄な仕事をしている人がいるんだよ」

投げ出すような声が返った。

「警察の人は、それで食べてるんだもの。いいじゃない」

そしてブランコを揺らした。千秋さんは、すっと立ち上がった。下げた両手をきつく握っていた。

「そういうのって許せないな」

「何よ」

朝美の声は明らかにおびえていた。千秋さんの瞳が彼女を刺したのだろう。

「だったら、あんた、お医者さんがもうからなくなったらいけないから、死ぬような病気でもそのままでいたいと思う？　警察の人の仕事がなくなると大変だから、人殺しはあった方がいい？　掃除する人の仕事が減ったらいけないから、駅に空き缶捨ててもいいの？　そんなのって、絶対におかしいじゃない。病気だって、人殺しだって、ごみの投げ捨てだって、ない方がいいのに決まってる。でも、でもね、哀しいことにそれがあるんだ。なくならないんだよ。だから、いろんな人達がその哀しさに立ち向かってるんじゃないか。そうだろう。それなのに、そんないい方するなんて、許せるわけがないよ」

朝美は気圧《けお》され押し黙った。まったく思ってもいないことをいわれたようだった。背の高い彼女が、その時おかしいほどに幼く見えた。

やがて彼女は、下を向き、つぶやくようにいい出した。

「……わたしはいいわ、いっくらでも我慢する。でも妹はどう、小学生よ。あれは嘘だったって新聞に出る。テレビでもいうんでしょう。名前が出なくったって駄目よ。嘘つき娘が誰のことか、すぐに分かるじゃない。学校でどうしたらいいの」

「それは——それだけのことは、やった以上自分で引き受けるしかないさ」

「簡単にいわないでよ。小学生の世界で、それがどんなに大変なことか分かるの。あの子達の世の中って、自分の周りしかないんだよ。そんなことになったら、気が変になっちゃうよ」

「——でも」

「こうしたらどうかな」

二人とも、驚いてこちらを見た。まず、朝美に

いった。それこそ小学校の先生がいうような、むしろ滑稽《こっけい》に聞こえるようなことだった。
「ね、君も、君の妹さんも、これから生涯、ごみの投げ捨てはしない、というのはどうだろう」
それから、千秋さんの眼を見つめた。
「何というか、今いってくれたことは聞いていて、とっても有り難かったですよ。兄貴の仕事は、そういうことのためにある。だとしたら、この子達がそうやってくれたら犯人逮捕と同じことになるんじゃないかな。そうしたら、嫌ない い方だけど、これにかかった税金だって労力だって絶対に無駄じゃあないと思うんだ」

朝美はいった。

「――生涯」

「そう、生涯」

「うまいなあ。それって、そういう風に生きろっていうことじゃない」

抗議するように付け加えたが、それは決して不快なことをいう口調ではなかった。むしろ、今日聞いた彼女の言葉の中で、一番若い響きを持った言葉だった。

朝美は行き掛けに、ふと不思議なことを思い出したようにいった。

「あの火の音の作り方、あなたも知っていたの？」

千秋さんは、首を振り、

「ううん、全然」

「それでも、あれが分かったの。――あなたって、おかしな人ね」

背の高い朝美の後ろ姿が行ってしまうと、千秋さんはすっと前に来て、腰をかがめ膝《ひざ》を折った。左の膝を、とんと地に着く。目の前に、白い兎の頭が来た。どうしたこ

とかと思うと、手を伸ばして兎耳をつかみ、ペコンと前に折ってみせた。《アリガトウ》

帽子は、意志の伝達にも使えるのだと分かった。

20

千秋さんはベンチに座ると、どこかだるそうな調子で話し始めた。

「だからさ、要するに事件の中にアタシという《犯人》が出て来たのが間違いのもとだよ。それさえなければ、どう考えたって誘拐事件としては変なことばっかりだろう。

そこで妙なことは、被害者に対する扱いが、いかにもやさしいのに、電話は不自然なくらい悪意に満ちてるんだよ。まあ、最初の《警察に知らせたら命はない》は、《あけましておめでとう》みたいな決まり文句だとしてもいいよ。だけど、次の《よくも知らせたな、娘は焼き殺す》というのは、不自然な上にあまりにも陰惨だよね。結果からすれば脅しだけど、まったく意味のない脅しだろう。

警察に知らせるか、知らせないかに、どうしてそんなにこだわり、怒るのか。当たり前なら、それは自分達が捕まるから、金が手に入らないからだろう。だけど、このだ。《犯人》は《お金》のことなんか、不思議なことに頓着《とんちゃく》してないみたいなんだ。

当日はアタシが金を受け取りに現れちゃったけど、それはないものとすれば、どうだい。まず、誰でも考えるのが狂言誘拐だろう。そうすると、被害者即犯人ということになる。そう考えると、《警察を呼ぶという行為そのもの》を怒るのが、納得出来るんだ。呼んだら殺すといってるんだから、とりようによってはそれ自体が被害者に対する《裏切り》だという考え方が出来るもの。

とすると、もひとつ進んでこの《金目当てではない誘拐》の目的が、そこにあるとは考えられないだろうか。警察を呼ぶかどうか、試すためだとしたら。《犯人》は、そいつを怒っているんだもの。

そこで、この家の家庭の事情というやつが問題になる。

奥さんというのが、義理の母親だと考えたことは話したよね。その結婚がごく最近のことだとしたら、どうだろう。そうすると、うまく行き過ぎるぐらいに説明がつくんだよ。

父親を取られたこと、そしてそんな父親自身に対する不満。家庭の中に異分子が入って来たことへの不快感、そんないらいらが、こんな形の自己主張になって出たのじゃあないか。自分達がどれだけ大事な存在か見せつけてやりたい。同時に親の気持ちを秤《はかり》にかけてやりたかったんだろうね」

千秋さんは、ほっと息をついた。

「なるほどねえ。で、あのクッキーってのが妹の食事代わりですね」

「だとしたら、持って行くのが遅すぎるだろう。あれだけのことを考えるんだから、前もってパンぐらいは用意してあるさ」

分かったつもりだったのが、また迷路に入ってしまった。

「じゃあ、いったい何なんです」

「かかって来た電話から、火の燃える音が聞こえたっていうだろう。だから、そのためにクッキーの缶を持っていったんだよ。あの話を聞いた時、上の娘がやったんだって、はっきり分かったんだ」

「クッキーの缶で、どうして火事の音が出せるんです。さっきの擬音の話に出たのはセロファンと割箸でしょう」

千秋さんは、もどかしそうな声を上げた。

「同じことじゃないか。プチが入れてあるだろう、プチが」

出張校正室の電話で聞いた千秋さんの話を思い出した。

「プチ――」

「そうだよ。大きな缶ならクッキーがくずれないように、大抵入ってる。あれをつぶしながら揉むんだ。割箸を割りながら、セロファンを揉むのと同じことだよ。火の燃えてる音がする。……眼に見えてる形にとらわれてたら到底そうは思えないけど、無心になって聞いたら確かにそうなんだ」

「経験からして分かるわけですね」

「うん……」

千秋さんはベンチの背にもたれ、額に手を当てた。

「どうかしましたか」

「火の話なんかしたから、熱くなっちゃったよ」そして、コンコンと咳をして、「お魚のこと思い出しちゃったよ」

「は？」

《は、じゃないよ》とはいわれなかった。

「人間だって、皆な水槽に入ってるようなもんだなあ。出られない何かの中で泳いでるんだ。なあ、リョースケ」

「はい」

「お魚、どっかに逃がしてやりたくなっちゃったよ」

「逃がしてやったら、死んでしまうでしょう」

「そうだよな、勿論、そうだよな」千秋さんは、ほっと溜息をついた。「何だか、とっても疲れたよ」

「昨日は、本当にちゃんと寝たんですか」

お嬢様は、可憐な眉をきゅっと寄せた。

「どうだっていいだろう、そんなこと」

「下の通りに出たらタクシーを拾いましょう」

「余計なお世話さ」

「そんなこといってると、おぶってしまいますよ」

「……よくいうよ」

かまわずに前に出てしゃがみ、背中を出してやる。はっと息を呑むような気配があり、しばらく沈黙が続いた。

百年でも待っていてやろうと思った。

やがて、熱い空気に似たものがくずれるように背中に乗った。驚くほどに軽かった。

「……桜が」

細い声が耳元でした。コン、という咳一つを挟んで、……もうじき咲くんだなあ…

……という言葉が、あるかなきかの春の風に乗り、花びらのように流れた。

三十歩と行かない内に、兎耳の帽子をのせた頭が、こちらの肩先に折れ、規則正しい寝息が聞こえ出した。

こうして寝入っている時の千秋さんは、はたして内気なお嬢様なのか、もう一人の別な娘なのか。それとも透明に近い存在なのか。

世の中には、分からないことがいろいろとあるものだ。

21

「なあ、兄貴」

ハッカの匂《にお》いのするシートを腰に貼《は》ってやりながら、聞いてみた。

「む。な、なんだ」

優介兄貴は風呂《ふろ》上がりのパンツ一枚。テーブルの端に手を掛け、しゃがんでいる。威厳のかけらもない格好である。

「あの誘拐された――」

「夕子、ちゃん、か」

いいながら、テーブルをつかんだ指先に力を入れたり、抜いたりしている。

「どんな子だい？」

「ああ、天使、だなあ」

「ほう」

「今時の、憎たらしい、餓鬼ども、ばっかり、見ていると、ああいう、子に会う、と、救われる、よっ」

「そんなにあどけない子なのかい？」

「うーん」と、立ち上がる。返事と掛け声を一緒にしている。調子を試すように伸びをしながら、「ま、何より、右も左も分からん、あの頃が一番可愛いなあ。知恵がつくというのは罪悪の第一歩だ」

「それは三つぐらいまでのことだろう」

「子供のことが、お前に分かるか！」

「そうかなあ」

「あの子に、犯人達が怪我《けが》一つさせられなかったのもよく分かるよ。見てるだけで、こっちの頬が緩んでくるような子さ。無邪気なんだなあ。事件のことよりアイスクリームの話に夢中、首をかしげて《ユーカイってナーニ》なんて、いわれた時には、鬼といわれた野郎どもが——」

「そうかそうか」

目白の方がより鶯《うぐいす》であることもある。

「真面目に聞け。けしからん奴だな」

そういう兄貴の腰を、ポンと叩《たた》いてやり、

「どうだい、少しは楽になりそうかい」

「——ん。おお、き、効きそうだ」

「じゃあ、俺も一風呂浴びて来るか」

優介兄貴は腰をさすりながら、眉を寄せた。

「おい、大丈夫か」

「何が」

「お前、何だか、ちょっと熱っぽいぞ」

《冗談じゃない》と笑ってタオルを手に取った。

22

冗談ではなかった。

この事件の結びとして千秋さんからプレゼントされたのは、まぎれもなくお嬢様の風邪だった。動けないほどの高熱を発し、翌日から三日、寝込むことになってしまった。

その熱のひく頃に、兄貴の腰痛もまた完治した。

覆面作家は二人いる

1

危険な職場は、世の中にいろいろある。

出版社の場合はどうか。週刊誌や雑誌の取材なら身を挺《てい》して――ということもあるだろう。しかしながら、編集部にいても身の危険があるというと、首をかしげられるかもしれない。これが紛れもない事実なのだ。

同僚の大島《おおしま》という男が去年、あまりにも散らかった編集部で、雑物に足を取られて引っ繰り返り、肋骨《ろっこつ》を折ってしまったのだ。

手をつこうとしたところは本の山で、まかり間違っていたら手首までひねるところだったのだから恐ろしい。

「叫び声が聞こえたんで助けに行こうとしたんだけどね、間に段ボールの箱やら資料やらが積んであったから、たどり着くまでに大分かかったわ。山越え、谷越えして、やっと手を握り、《大丈夫。傷は浅いよ、大島君》。抱き起こすと顔を上げ、《先輩、よく来てくださいました》。——なーんてね。ま、手遅れにならなくて、よかった、よかった」

と後で解説を付け加えたのは、左近雪絵《さこんゆきえ》先輩。まあ、それはさすがにオーバーだけれど、編集部が散らかっているという事実を思い知らされる出来事ではあった。床もそうだし、机の上も殆《ほとん》ど仕事の出来るような状態ではない。

しかしながら、《これを機会に綺麗《きれい》にしよう》という命令が編集長から出たりはしなかった。つまり、編集長御自身の机もちょっとやそっとでは、その表面が顔を出さないくらいになっているのである。

こんなわけだから、実によくいろいろなものがなくなる。

仕事の性質からいって全員が顔を合わせる機会が少ない。そこで、連絡事項は回覧板を回すことになる。これが消えてしまうのだ。B5の紙などではすぐにどこかに紛れ込んでしまう。だから、小さな机ぐらいの大きさの板に、B4の用紙をはさんで回すのだが、それでもなくなる。魔術としか思えない。

というわけで、《十八日、三時より会議》などという連絡が、二十日頃になってとんでもないところから出てくるのなどは日常茶飯事なのだ。

「真美《まみ》ちゃん、写真は？」

外から帰って来た若手の真美ちゃんに声をかける。連載に使う戦前の作家の写真が借りられることになり、午前中に遺族のところに行ってもらったのだ。

「えーっ、置きましたよ」

「どこに？」

「岡部《おかべ》さんの机の上。昼過ぎに一度こっちに戻って、それからまた出たんです。その時に置いていきました。封筒に入れて赤い大きな字で《写真在中》って書いて。座ったらいやでも分かる筈《はず》ですよ」

「本当？」

立ち上がる。机は物置になっているので、仕事は今のところ一番上の引き出しを引いて、そこに段ボールの板を載せてやっている。ちなみに脇《わき》の引き出しには電話が入っている。

「あ、やだなあ。なくさないでくださいよ。《一枚しかない写真ですから、くれぐれも間違いのないように》といわれて、わたし、《分かりました》と請《う》け合って来たんですよ。

――そういうしかないでしょう？」

それはそうだ。《出来るものなら、お返ししましょう》とはいえない。

ざっと見て、それからあちこち引っ繰り返し、ついで机の周りを探した。

しゃがみこんで机の下まで覗《のぞ》き、それから立ち上がった。不安そうな目を向けている真美ちゃんに、いえる言葉はこれしかなかった。

「――ないよ」

2

「本当です、わたし、ちゃんとここに、ここに置いたんです」

真美ちゃんは、抗議と弁明の声を上げる。困ったことになってしまった。同じところをまた探し、居合わせた仲間に聞いてみるが、写真は出て来ない。

「わたし、もうあのお宅に行けません。相手の人、おばあちゃんなんですよ。御主人の写真を大事そうに出してくれたんですよ」

真美ちゃんは苦悩の像のように身を揉《も》み出す。

「はあい、ただいま」

お陽気な声を上げて入って来たのは左近先輩。シトロンイエローのスカートに、派手なプリントのシャツ。関西に出張していたのだ。

「いや、東京もえげつない暑さだけど、向こうも凄《すご》かったわよ。海老原《えびはら》先生の口癖が《えげつなー》でしょう。そこへ持って来て、あの先生がクーラー嫌い。団扇《うちわ》を使いながら、こぶしを振り上げては暑さを呪《のろ》い、《えげつなー、えげつなー》というのよ。こっちも、汗は目に入る、ブラウスは体に張り付く。その気の遠くなるような中で、先生の連呼を聞いていたのよ。まあ、この世のこととは思えなかったわね」

一気にまくしたてた。それから、真美ちゃんの様子を見て、《どうしたの》。

わけを説明すると、先輩は《またか》という顔をして、頭をかいた。それから、こちらの机の側により、しばらく《現場》を眺めていたが、やがてふっと腰をかがめ、

「これ、食べたの岡部君？」

指の先にピスタチオの殻がつままれている。

「そうですよ。出張校正の夜の残りを片付けたんです」

「でも、まさかピスタチオ一つ食べたんじゃないでしょう」

「そりゃそうです。袋の三分の一ぐらい入ってましたよ」

「だったら、その袋と残りの殻はどこに行ったか。ここに、これが一つだけ転がっているというのはどういうことか」先輩は千両役者が見得を切るように、ぐっと首をめぐらし、

「岡部君、あなたピスタチオ食べる間、机の横にごみ箱持って来といたでしょう！」

はっとした。

3

編集の仕事はごみも多く出るので、日に二回、袋に詰めて一階の集積所に持って行く。

駆け降りてそこに行き、飢えた狼《おおかみ》が餌《えさ》でも探すようにごみ袋の中を捜した。九割九分ほっとして、一分は自分で気が付かなかったのが残念なことに、赤い字で上書きされた封筒がちゃんと出て来た。ごみ箱を動かしたり、殻を放ったりしている間に、積まれたあれやこれやの山の上から落ちたに違いない。

それをひらひらさせながら編集部に戻ると、左近先輩は、真美ちゃんにいれてもらったアイスコーヒーを悠然と飲んでいた。

「いつもながら冴《さ》えてますすねえ」

「当然よ、当然。世界社はわたしで持っているんですからね」

編集長が向こうの机で、ごほんと咳《せき》をして、

「わたしもいる」

それは勿論《もちろん》でございます、と一同頭を下げる。

「でもねえ」と左近先輩はコップを置き、「ある筈のものが、どうしても出て来ないって時は本当に不思議だわよねえ。わたしの姉がね、ガードウーマンやってるのよ」

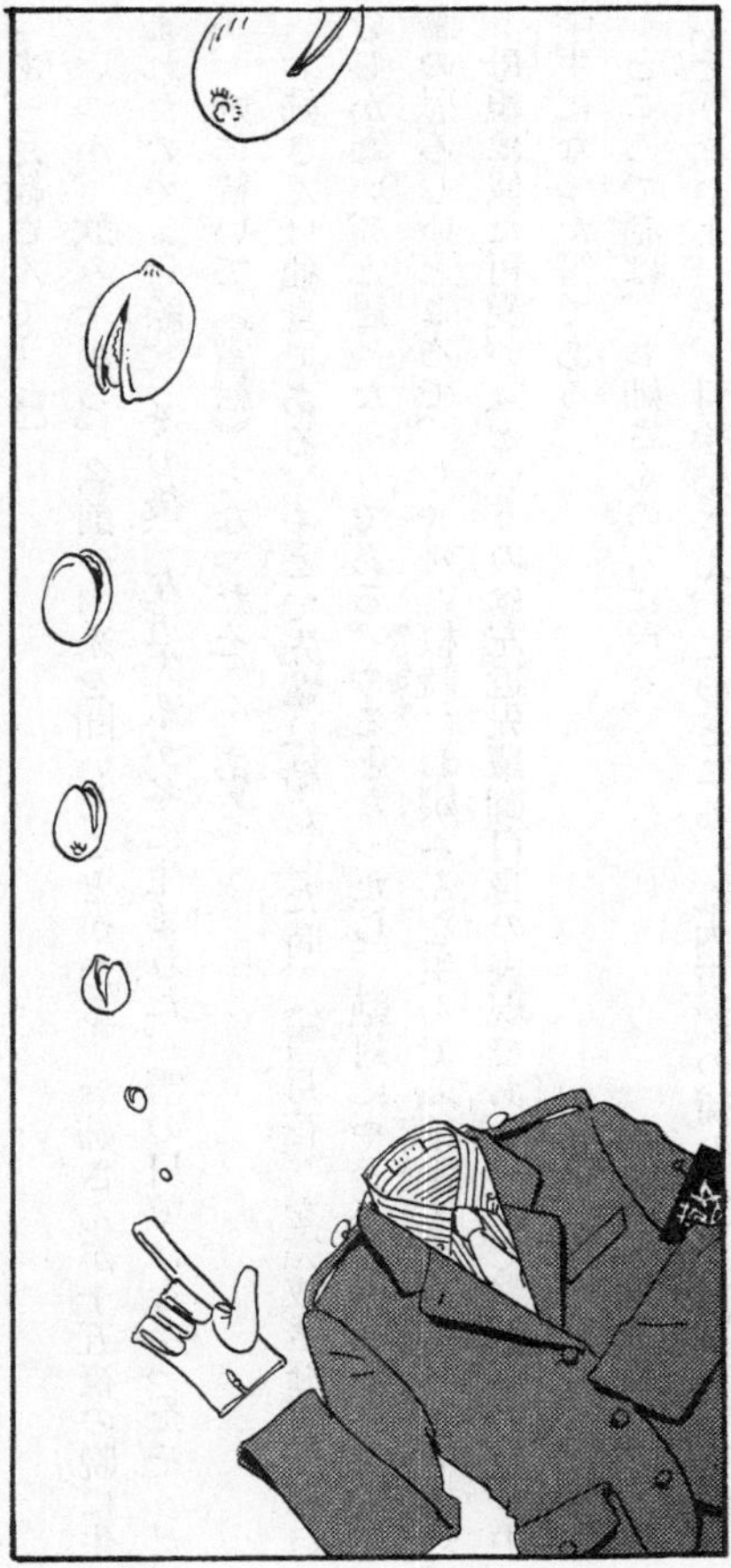

「あ、月絵（つきえ）さんですね」

いつか、飲みながら、名前の由来を聞いたことがある。お姉さんが十五夜の晩に生まれたので《月絵》。その後、左近先輩が冬に生まれた。雪の日ではなかったそうだが、姉に続いて《雪絵》となったそうである。

お姉さんは独身である。そこで先輩は結婚した時、《雪月花》を完成させるのは自分しかない、と思ったそうである。やるとなったら、絶対にやってしまうのが左近先輩の恐ろしいところで、ちゃんと桜時《さくらどき》にお嬢さんを生んで《花絵《はなえ》》と名付けたそうだ。母親に似た可愛い（というのは左近先輩御自身の表現である）子で、確か、今年中学生になった筈である。

ところで話は、お姉さんの方に戻る。

「そうなのよ。で、月絵姉さん、このところ」都内東部の街の名を上げ、「――のデパートを担当してるんだけど、万引きのグループがいくつかあって大変らしいのよ。それ自体は珍しくもないんだけれど、やり口が信じられないくらい巧妙なんですって。だから、よっぽど慣れた子が中心になって指令を出しているんじゃないかっていうのよ。特に最近はＣＤが狙《ねら》われているんですって」

「あら」と、真美ちゃんが口をはさみ、「でも、ＣＤだったら、今は売り場から持ち出したら警報が鳴るようになっていますよね」

先輩は、真美ちゃんを見て頷《うなず》き、

「そうなの。だけどね、こんな不思議なことがあったんですって」

と、話し出した。挙動不審な中学生の女の子が売り場を出ようとしたら、その警報が鳴り出した。出来るだけ目立たないように別室に呼んで、《返してください》といっても、《知らない》の一点張り。強気で《いくらでも探してくれ》という。《まずいな》と思ったけれど、もう仕方がない。お客の物に手をかけるわけにはいかないから、自分で鞄《かばん》を開けてもらった。相手は、これ見よがしに中の物を机の上に出す。CDなどない。

こうなると立場は逆転。

中学生とは思えないような声で凄《すご》まれたが、一言もない。平謝りして許してもらった。社長を出せといわれなかっただけでも幸せである。

《服の下に隠したな》と思ったので、帰り際にさりげなく警報装置のあるところを通らせたのだが、おかしなことに今度はうんともすんともいわない。

一応、始末書を書こうとしたが、《機械の調子がおかしかったんだろう。仕方がない》と、かえって上司に慰められたそうだ。

しかし何といってもお客様第一の商売、翌日の朝の会の話題になるのは避けられず、しばらくは《うっかり者》という目で見られ、またガードの矛先も鈍ったという。

それにしても、わけの分からない出来事である。

「その頃を境に、急にＣＤが売り場から消えるようになったんですって。だから、この事件が盗難と無関係だとは思えないそうよ。月絵姉さん、うちによく来るんだけれど、このところ、その話を繰り返しては首をひねってるわ」

真美ちゃんが眉《まゆ》を寄せ、

「そりゃあどうしたって、売り場を出たところで仲間に品物を渡したとしか思えませんよね」

「マークしてるんだから、そんなの無理よ」

封筒を持ったまま、会話に加わった。

「でも、それしかないとなったら、そうしているわけでしょう。常識では考えられないような方法で――」

真美ちゃんは腕組みをして、深く頷いた。

「ごみ箱が部屋の隅から歩いて来ることだってあるんですものねえ」

「岡部君。そこで、わたしは考えるんだが――」

編集長の声だった。

「何でしょう」

「この炎天下に御足労だが、君、そろそろ原稿を取りに行く時間じゃないのかね」

4

とにかく暑かった。

陽が落ちても、夜の空気まで生ぬるく肌にまつわりついて来る。汗ばんだ手をぎゅっと握り締めると、そこにビールの大ジョッキの重さを感じたくなる。会社から帰るのなら、当然何人かでわいわいとビアガーデンに行っていたろう。しかしながら、原稿取りに出た先が、我が家まで電車で一本のところだった。目に入った店で冷やし中華を食べ、生ではない瓶ビールをコップで飲んだ。

それだけで家路についたのだが、驚いたことに電車に乗ると目の前に兄貴が立っていた。いや、驚いたのは周りの人達だろう。

兄貴は岡部優介《ゆうすけ》、こちらが岡部良介《りょうすけ》。双子なのである。体型と顔はもう一人の自分である。そっくりの人間が現れて話し出すというのは、客観的に見たら随分奇妙な出来事だろう。

「早いじゃないか、出刃包丁でも振り回す奴《やつ》が出て来そうな陽気だっていうのに」

兄貴は警視庁の刑事である。

「くだらんことをいうんじゃない。聞くだけで疲れる」

むすっとしている。

駅が近づいて来ると、ようやく冷房のおかげで人間らしくなったのが、また蒸し風《ぶ》呂《ろ》に戻されるのかと、こちらも不機嫌になって来る。

うわっ、と巨人の口から吐き出されるようにホームに出る。東京もかなりはずれの方だから駅も小さい。人に押されるように、改札を抜けた。——と、正面のベンチに、兄貴に会ったのとは比較にならないぐらい思いがけない相手が待ち構えていた。

5

アイスホワイトのパンツが、膝《ひざ》まで。座っているので、そこから下に折れて伸びた脛《すね》が見える。パンツが幅広なのですらりとしたそれが余計スリムに感じられる。

靴も白。

靴下とノースリーブのトップが深い紺である。

いつからそうやっているのか、まるで被《かぶ》り具合でも試すように黒の麦藁《むぎわら》帽子に両手をかけて、上目遣いにこちらを見ている大きな瞳《ひとみ》は、紛れもなく覆面作家こと新妻《にいづま》千秋《あき》嬢のものである。

ひょんなことから担当することになったのだが、この娘がただ者ではない。打ち合わせに出掛けて世田谷《せたがや》の豪邸でお会いする時は、まことに楚々《そそ》たる深窓の御令嬢なのだが、門から一歩外に出ると、とんでもないことに、借りて来たネコさんからサーベルタイガーに変身してしまう。いかなる心理の動きによるものか、不可思議というしかない。

この春にも、ちょっとした行き違いから、警視庁の黒帯である優介兄貴をあっさり投げ飛ばしている。全治一週間であった。

「わっ！」

思わず声を上げてうろたえたのは、その被害者が隣にいるからである。実は、お嬢様のことは優介兄貴にはまだ内緒にしてある。兄貴は、春に自分を投げたのは、誘拐犯グループの凶悪な手先だと思い込んでいる。

麦藁帽子に手をかけたまま、お嬢様はすっと立ち上がった。

これは目立つ。何せ、どこかのプロダクションにスカウトされないのは外出嫌いのせいとしか思えないような、天国的美貌《びぼう》の持ち主なのである。それが彫刻のように身を固くして、こっちを睨《にら》んでいるのだ。

千秋さんはいった。

「リョースケ」

兄貴が二、三歩先で、けげんそうに振り返る。立ち止まってしまったこちらを乗り降りの客が迷惑そうに避けて行く。このままでは流れに逆らう石である。

とにかくお嬢様の前まで歩いて、

「どうかしたんですか」

どこか潤んだ瞳のまま、お嬢様はいう。

「――アタシは、馬鹿だ」

「――は？」

お嬢様は右手を上げて帽子を可愛い鼻の辺りまで、ぐっと下ろしてしまう。

「やめてくれ、気休めは」

麦藁帽子に向かっていう。

「《は？》の、どこが気休めなんですか」

帽子の縁の黒いカーブから覗《のぞ》いた唇が答えた。

「いいから、いっとくれ。アタシは馬鹿だって」

「そんな……」

「いっとくれっ！」

地団駄を踏む。

「じゃあ、あなたは馬鹿ですよ」

「――何だと」

手がつけられない。

「お友達か」

家長が息子の心配をするような顔をして、兄貴が近づいて来る。

「お兄さんだね」

並んで来るところを見ていたのだろう。千秋さんには兄貴のことを話してある。

お嬢様は、右手の人差し指で、麦藁帽子の縁を下から突いて上げようとする。思わず、帽子を押さえてしまった。

兄貴が春に会った時、お嬢様は風邪《かぜ》をひき大きな白いマスクをしていたのである。見えたのは《眼》なのだ。

「何するんだよ」

構わずに、二人の間に立つようにして、

「ああ、若いけど作家先生なんだ。有望新人でね、担当してるんだよ。——初めまして」

「何で、お前が挨拶《あいさつ》までするんだ」

「担当だから」

兄貴は眉を寄せて、こっちの顔を見る。

「あやしいな」

「何が」

「担当が《リョースケ》呼ばわりされるのか」

「業界用語で《担当》のことを《リョースケ》というんだ。——何でも元はドイツ語から来ているらしい」

「ふざけるな」

もめていると、お嬢様が帽子を取り、優介兄貴の前に出てぴょこんとお辞儀をした。長い髪をまとめた頭が見える。

「申し訳ありませんでした」

「いや、何」と受けた兄貴が小声でこっちに、「あの子が、どうして俺にあやまるんだ」

「いつも、弟の世話になっているからだよ」

千秋さんは、そこでまた頭を下げ、

「――その節は、どうも」

「おい、《その節は》といったぞ。《その節は》と」

6

《とにかく、急ぎの打ち合わせがあるんだろうから、ここで別れようぜ》とごまかして先に立ち、お嬢様と並んで歩きだした。

「この先にアイスクリームの店があるから、そこに入りましょう。『トリコロール』っていうんです」

緊急避難の場所探しである。

「『トリコロール』って三色旗のことだろう」

「そうです。手作り三色アイスが名物です。十何種類ある中から、好きなのを三つ選べるんです。僕は入ったことがないんですけどね、評判によると、ネコが食べるとヒゲがピーンとして、ウサギが食べると喜んでピョンピョン駆け回るぐらいにおいしいそうですよ」

千秋さんの、うつむきがちの顔がちょっとだけ明るくなった。

目当ての店はすぐ近くである。短い駅前商店街の一軒だ。通勤帰りの客がおみやげに買うこともあり、また全寮制の女子高が側にあるので、アイスクリーム屋の立地条件として悪くはない。都心なら、それだけでもやっていけるのだろうが、この辺りまで来るとそうもいかない。飲み物、軽食も扱っている。

「婆あ！」

暑苦しい怒鳴り声が響いた。それに応じて、怒鳴られた相手のものらしい抗議があったがよく聞き取れない。すぐに先程のと同じだみ声が、その上を覆った。

「うるせえ、タコ、てめえにいってるんじゃねえ」

文字にするのも情けないような罵《のの》りだ。

もめ事は七、八メートルほど向こうで起こっている。パンチパーマの頭が見え、その下に汗で大きな肩に張り付いた黄緑のシャツが見える。その肩の向こうで、気の強そうなおばあさんが、悪逆無道の暴君を諫《いさ》める忠臣のように首を横に振っている。この通りでは何度か見かけたことのあるおばあさんだ。土地の人に違いない。

その後ろに、露《あらわ》な恐怖の表情を浮かべた女子高生が立ちすくんでいた。男の手には、まったく不似合いな可愛らしいバッグがある。遠目にも、女子高生がからまれ、バッグを取られたのだと分かる。うだるようなこんな時に、よけいぐったりするような不愉快な場面だ。

「どくんだよっ、おう」

自分の声に興奮し押さえがきかなくなったように、男は、太い手でおばあさんを突き飛ばした。《しまった、遅れたか》と思った。男の上背はかなりある。それが手心も加えずに突いたのだ。おばあさんは、あっとばかりに道路に倒れた。普通の神経なら体がどうかしないかと、ひやりとするところだが、あろうことか男は倒れたおばあさんに、ぺっと唾《つば》を吐きかけた。それから、肩を揺すって女子高生の方に近づいて行く。

ねっとりとした夏の空気の中で、その娘も、遠巻きにした見物人達も、絵に描いた人物のように動けないでいた。

走り出そうとしたが、お嬢様の方が早かった。それに何より、後ろから肩先を押さえられてしまったのだ。

「お前は、倒れた人の面倒をみてやるんだ」

兄貴だった。

「だって」

「だっても何もない。俺は、あんなごろつきより強いぞ」

「え？」

「あの子は、俺より強いんだから、あいつよりもっと強い。どうだ、理屈だろう」

「分かったのか！」

優介兄貴はフンと鼻を鳴らした。

「やっぱりそうか。今のは誘導尋問だ」

「あ、汚い」

「お前よりよっぽど綺麗だ。――どっかで聞いた声だと思ったんだ。あの駆けて行く格好を見て、《あっ》と思ったよ。だがな、何であの娘とお前が結び付くんだ」

「それどころじゃない」と走る。

「いいから、老人優先だ。娘は俺がどうにでもしてやる」と兄貴も走る。

自信たっぷりである。優介兄貴は、犯人逮捕はお手のものだ。しかし、千秋さんを捕まえる気になられては困る。

「おい、弱虫っ！」

駆けつけた千秋さんは、きゅっと停《と》まって両手を腰にとり、怒鳴った。兄貴のいうところの《ごろつき》は、驚いて振り返った。

「男と喧嘩《けんか》が出来なくって、こんなところで自分より弱いのを探してるのか。テメーなんぞ、小学校で泣かされて、子供の時も泣かされて、赤ん坊の時も隣の赤ん坊にぶたれて泣いていやがったんだろう。それが哀しくって、今頃《いまごろ》、女子供に手を出すんだ。――いいか、馬鹿野郎、手が出りゃ上等ってもんじゃあねぇぞ。このシャツなんざぁ、脇《わき》から手が出て、上から首まで出るんだ。ザマーみやがれっ」

何が何だかよく分からない。ともあれ、倒れているおばあさんを介抱しようとしたら、存外元気だ。その場に身を起こし、千秋さんの方をほれぼれと見て、

「いい啖呵《たんか》だねえ」

隣の『トリコロール』の看板の後ろに、友達を心配してか、固唾《かたず》を呑《の》んで隠れていた数人の女子高生達が、つられたように一斉に拍手をした。

濃い眉とぎょろりとした目の間の空いた、妙に間延びした男の顔が、赤ペンキでもかぶったように上気した。

「な、何だ。てめえは」

「テメーって言葉はな、テメーみたいなひと月置いた真夏の生ゴミ野郎にだけ使うんだ。ただだと思って、やたらに口の無駄遣いをするんじゃねえや。辞書でも引いて確かめろ。蜜柑《みかん》、林檎《りんご》は《くだもの》で、テメーの方は《けだもの》だ。一字違いが大違い。よーく覚えとけっ！」

お嬢様は、ごろつきごろちゃんを睨《にら》んで胸を張った。

「こ、こ、こ、この――」まくしたてる千秋さんの勢いに付いて行けず、男は鶏《にわとり》のように叫ぶと、目を剝《む》き、大きな体を震わせた。高血圧なら頭に来て倒れていたろう。

「ぶ、ぶっ殺してやる！」

お嬢様は軽やかに左に身を浮かせかけた。

「ぶっ殺してみろ」

その言葉を宙に残して、逆に右に沈む。いかなる妙技か魚の擦り抜けるように男の手をかい潜《くぐ》り後ろに出る。そして、くるりと振り向きざま、追おうとした相手の捩《ねじ》れた軸足の、膝頭の裏を蹴《け》った。

それほど力を入れた感じでもないが、もともと《く》の字になっていたところだからたまらない。かくん、と膝が折れる。それだけでも、よろけそうになっているのを、お嬢様は御丁寧に後ろから、どんと突き、同時に、トランポリンでもやるように跳び上がった。

「うわっ」

男は音をたてて、道路に《こんにちは》をした。鼻ぐらい擦りむいたかもしれない。

お嬢様の滞空時間は恐ろしく長く思えた。上で縮めた足をぐんと伸ばしながら、起き上がりかけた男の肩甲骨と肩甲骨の間に錐《きり》の刺さるように着地した。急所なのだろう。不格好なマットは、ぐっ、というような声にならない声を上げ、あっけなくぺしゃんとつぶれた。男の足が内に踊るように折れ、赤茶色の革靴の片方がぬげて、夏の夜にくるくると舞った。

お嬢様は、それを器用に宙で受け止めると、えいと振り上げ、力任せにパコーンと男の頭にぶつけた。それから、ひらりと道路に降りた。

見物人達はぽかんと口を開けて立っていた。いきなり現れたナイアガラの滝でも見るような表情だった。いや、それはこちらも同様だった。

「おい、何とかいえ」

兄貴だった。途端に背後の駅のアナウンスが耳に戻って来た。今の騒動で、黒の麦藁帽子は少し離れた道路の上に飛んでいた。それを拾っている千秋さんを見ながら、やっと言葉が出た。

「えげつなー」

7

兄貴が耳打ちした。

「いいか。ここは俺がどうにかする。お前はあの娘と、家で待っていろ」

「え?」

「早く行け。いいか——」兄貴はじっと、こちらの眼を覗《のぞ》き込んで「逃がすんじゃないぞ」

その時、パトカーの音が近づいて来た。誰かが電話したのだろう。

千秋さんは、そんなことなど一向に気にならないらしい。麦藁帽子を目深にかぶったまま立っている。

「皆さん——」

兄貴が場をしきり出すのを横目に見ながら、お嬢様を促し、脇の暗い路地に入ってしまう。土地勘があると、こういう時に便利である。お嬢様は素直についてくる。

家々の間を抜けると、右手の金網越しに信用金庫の駐車場が見え、その先は駅前のより広い通りになる。こちらは車が引っ切りなしに走っている。

振り向くと、千秋さんは金網に華奢《きゃしゃ》な指をかけ、駐車場の方を向いて、肩を落とした影になっている。今夜は月の出が遅い。

「どうしたんです」

「……リョースケ」お嬢様は、右手を金網からはずし口元を覆う。その手の下から、「あきれるだろう。また、やっちまった。でも、アタシ、我慢出来なかったんだ」眼をつむる。「……赤沼《あかぬま》がいつも、いうんだ。我慢出来ないことが多いのは、《若い》からだって」

大金持ちの千秋さんの家には、驚いたことに執事がいる。生きて動いている始祖鳥や執事には、この世ではお目にかかれないものと思っていた。まんざらそうでもなかったのだ（もっとも始祖鳥の方には、まだ会わないが）。

赤沼というのは、その執事の名前である。はっきり確かめたことはないが、千秋さんがよちよち歩きの頃から、いるらしい。――もっとも外見の方は執事というより、用心棒である。五十過ぎに見えるのだが、いまだに若造四、五人相手の立ち回りなら軽くこなしそうだ。

「《若い》って何だろう。なあ、リョースケも若い頃には、我慢出来ないことがいっぱいあったのかい」

心外である。

「僕はまだ若いですよ」

「……そうか」

千秋さんは暗い夜空を見上げた。

「とにかく何か話があったのでしょう。とりあえず、家に御案内します」

お嬢様は、手を下ろし眼を見開き、

「三色アイスは？」

「それは、——また後にしましょう」

「嫌だ！　嘘《うそ》つき」

「そんな」

「他《ほか》の日だったら何でもないさ。でもアタシ、今日……」ちょっと間があいてから、

「とんでもないことしちゃったんだ。だから、家を飛び出して来たんだ。普通じゃないんだ。こんな日に、ごまかしなんかしたくない。決めたことはやるんだ。三色アイスは食べるんだ！」

「やれやれ」

溜息《ためいき》をつきながら、お嬢様を見る。黒い麦藁帽子と深い紺のトップに挟み撃ちされた顔は、まさに夜目にも白い。真夏の夜の妖精《ようせい》じみている。利口そうな二重瞼《ふたえまぶた》の瞳《ひとみ》が、これ以上ないほど真剣にこちらを見返す。

前の歩道に小学生の女の子が四、五人来かかった。夏休みの筈《はず》だが、御苦労様にも塾へでも行った帰りらしい。遠慮なしにこちらを窺《うかが》う気配があり、《いやらしーい》と叫ぶと、変声期の烏《からす》みたいな、それこそ嫌らしい笑い声を上げて、バタバタと通り過ぎて行った。

追いかけてたたいてやりたい気分になったが、そんなことをしたら、こちらにも警察が来るだろう。

「一体、とんでもないことって、何をしたんですか」

お嬢様は眼をしばたたき、

「アタシ、……殺しちまったんだ」

8

感じが変わるだろうと、髪をほどいてロングにしてもらった。世田谷のお宅で会う時の顔になったわけだ。しかしながら、中身の方は相変わらずで、内気なお嬢様には戻らないようだ。

　麦藁帽子は受け取って、こちらが手に持った。

　元の道を戻って駅前通りに出る。パトカーの姿はもう見えなかった。警官を相手に優介兄貴が何やら身振りを交えて説明をしている。《これはまずいな》と思ったが、どうしようもない。歩調を緩めないようにして、脇を通り抜けた。

　ところが、えてして《こうなってほしくないな》と思うことは、そうなるものである。兄貴は手を振り上げ、体を踊るようにぐるりと回した。活劇の再現をしているのだろう。そのまま視線がこちらに流れた。

　一瞬ぽかんとし、続いて凄い顔になった。こちらは目を幸せそうに細めて反対側の商店街の方を向き、

「そこですよ」

　二人並んで『トリコロール』に入ってしまう。

「本当だ。いっぱいあるなあ」

　左手に手作りアイスのケースが並んでいる。

　駅前なので人通りはあるし、特に夏場はかき入れ時ということで九時までやってい

る。だが、それにしてももう閉店まで四十分ぐらいしかない。

おみやげを買っているOLや中年男の脇を通って、奥に入る。大勢は入れない。レモンイエローのテーブルは驚くほどに狭いし、セットの椅子《いす》も背もたれがない。それでも機能的な清潔感があって、悪い感じはしない。

カード式のメニューを取り上げた千秋さんに、

「三つ選ぶなら、何ですか」

「まず、基本の《バニラ》」

「なるほど」

「それから、《紅茶》」

「ミルクティーでしょうね」

外の兄貴が聞いたら、余計暑くなりそうな、太平楽な会話だ。お嬢様は、首をかしげ、ちょっと長い髪に手をやりながら、

「この《薔薇《ばら》》って何だろう」

「《バニラ》は、もういいましたよ」

「《ニ》はなしさ」

車庫に帰るトラックのようだ。

注文を取りに来た、人の善さそうな丸顔の御主人に聞くと、たちどころに答えてくれた。

「薔薇の花びらに、砂糖、コーンシロップ、ペクチン、林檎《りんご》酸を加えて煮ましたものがベースとなっております、はい」

というわけで、千秋さんのアイスの三色が揃《そろ》った。高校生でもあるまいし、向かい合ってアイスをつつくのも気がひけて、こちらは、

「コーヒー」

お嬢様は、ちらりとこっちを見たが何もいわなかった。

「これが《薔薇》だよ」

千秋さんは、三つの山の一つを指さした。名前から想像するような天使の頰《ほお》の色ではなく、オリーブ色を淡くした感じだ。

千秋さんはスプーンを入れ、何かものいいたげな風情《ふぜい》だったが、やがて決然と食べ始めた。

「どうですか」

コーヒーを啜《すす》りながら聞く。千秋さんは、そこで舌の上に《味》を転がすような顔をした。そして、

「薔薇の花には申し訳ないけど、おいしいんだよ。何だか、哀しいな」

「ジャムだったら、オレンジだって林檎だって平気で食べるでしょうに」

「そうだよな。でも、分かるだろう？　自分が食べるなんて考えてもいなかった物だからさ。《ああ、これ薔薇なんだ》と改めて思ったら、妙な気になっちまったんだ」

　このぞんざいなしゃべり方には、前の髪形の方が似合っている。しかし、いっている内容には、長い髪が釣り合った。

「分かりますよ」

　お嬢様は、スプーンを見つめながら、

「なあ、リョースケ」

「はい」

「さっき、お店の人が《林檎酸》って、いったろう」

「ええ」

「あれって、《林檎さん》って呼んでるみたいだな。林檎の木の下かなんかでさ」

　こういう時、千秋さんは実際、林檎の木の下にいるのかもしれない。深い緑の葉はその頭上に無数に広がり、紅色の実は千秋さんに向かって微笑《ほほえ》んでいるのかもしれない。

「それで、――どうして、殺《や》ってしまったんですか」

千秋さんは俯《うつむ》いてバニラに取り掛かり、一口食べて、《これもおいしいや》とつぶやき、その低い声のまま話し出した。

「……クーラーなくても大体平気だから、ずっとつけないでいたんだよ。でも今日は、皆《みん》なが《暑い暑い》っていうんだ。何となく気まぐれでスイッチ入れちゃってさ。そうしたら冷えてくるだろう。別に何とも思わずにCDなんか聴いてたんだ。その途中でぞくっとして、こんなに冷えて大丈夫なのかと思ったんだ」

「《お魚》がですね」

去年の暮れから、千秋さんは熱帯魚を飼っていた。いつも、お魚と呼んでいた。

「うん。それで、何しろあの子達は熱帯魚なんだって思ってさ。台にキャスターがついてるから窓際まで押してったんだ。冷房と相殺でちょうどいいかなぐらいに考えたんだ。おまけにクーラーの風を避けるように、カーテンまで引いて、その向こうにやっちゃってさ。それで、……それで」

「忘れてしまった」

千秋さんは、こっくりをした。アイスクリームを不思議なものでも見るように、じっと見つめ、

「水が水じゃなくなってさ。熱くってさ。苦しかったろうな。たまらなかったろうな。……アタシのこと、屋根の上にのせて焼いてやりたかったろうな」

思わずきつい声で、いってしまった。

「そんなことというもんじゃありませんよ」

千秋さんは、独り言のように、

「いわなきゃ、気がすまないんだ」

「気がすめば、それでいいんですか」

千秋さんは、はっと大きな瞳を上げた。それから、その目が何回か瞬く間、可憐《かれん》な口はきゅっと閉じられていた。やがて、お嬢様は息をつき、

「お前、意外と残酷なことというなあ」

「でも、やっつけられに来たんでしょう」

「そりゃあそうだけど……」

「もっと別のいい方で、やっつけられたかった？」

「うん。……狡《ずる》いな、アタシ」

慰めたくなる。でも千秋さんの姿を見ていると、それが難しく思えて来る。別なことを聞いてみた。

「駄目だと分かって、すぐここに来る気になったんですか」

「そうだよ。だって、うちの連中の他には……」

千秋さんは、夕暮れの野原に取り残されたような、独りぼっちの声でいった。

「お魚の知り合いは、この世にお前一人じゃないか」

9

静かな世界に二人だけで向かい合っているような気になった。

「埋めてやるんだ。だからさ……」

かくして《知人》を代表して明日、新妻邸に伺うことになった。

千秋さんと会えるのは嬉《うれ》しいし、実は担当としての仕事もある。左近先輩が、千秋さんの作品を気に入って、《もう一つ書けたら本にしてもいい》といっているのだ。新人作家にとっては有り難い話だ。まだ、御当人には話していない。明日、落ち着いたら切り出してみよう。

アイスクリームの三つの山が、やがてお嬢様に征服され皿の上から姿を消す。そろそろ、潮時かなと思った時、

「すみません、もう閉店なもので」

これは入って来た《客》がいわれたのである。しかし、一切構わずこちらにやって来る。無理もない。

《客》は肩を怒らし圧《お》し殺したような声でいった。

「おい、出よう」

言葉はこちらにかけつつ、油断なく千秋さんの席に気を配る兄貴の緊張振りが、悪いけれどおかしい。

「どうします。電車で帰りますか」

熱気の中に出て、駅の方を指すと、兄貴が目を剝《む》いた。

「せっかくいらしたんだ。うちに来ていただけ。焙《ほう》じ茶でもお出ししよう」

堅くなっているから、いうことがおかしい。焙じ茶は、わざわざお客に宣言して出すほどのものでもない。

時間が時間だけれど、取り敢《あ》えず家に向かいながら事情を説明することにした。

「というわけで、誤解なんだよ。この人はあの件には関係ないんだ」

臨海水族園での行き違い、千秋さんは《原稿料をよこせ》といい、兄貴の方は身代金の請求だと思っていた件である。

勿論《もちろん》、兄貴は釈然としない。

「だったら、何で早くいわないんだ。おかげでどれだけ――」

当然のことながら、そう突っ込まれる。

「だからさ、よくあるだろう。子供が親や先生に一ついいそびれると、次もその次の機会も、どんどんいい出しにくくなる。あれだよ」

「しかしなあ」

兄弟で揉《も》めていると、いきなりお嬢様が前に走り出て、アスファルトの道路に可愛い膝《ひざ》と手を着き土下座した。

「すまない、兄さん、悪気じゃなかったんだ。許してやっておくんなさい」

優介兄貴は、ぎょっとして、

「まあ、お手をお上げなさい」

これじゃあ任侠《にんきょう》映画だ。

女子高の前を通る。駅から少し離れただけで、この辺りはもう大分寂しくなる。去年の暮れに千秋さんと来たところだ。思えば申し訳ないが、兄貴に隠していることはいろいろとある。しかも一口にはいえないぐらいに錯綜《さくそう》している。

木造平屋の家の前に立つ。

「おい、リョースケ。これが、お前のうちか」

「そうですよ」

そこで、お嬢様はいったものだ。

「いいなあ、コンパクトで」

10

シンプルかつコンパクトな我が家から、世田谷の豪邸に電話したら、赤沼執事が出た。お抱え運転手の田代《たしろ》さんが迎えに来てくれるそうだ。お嬢様は嫌がるかも知れないが、こちらとしては、その方が安心だ。

我が家でクーラーの入っているのは、ただ一部屋である。その別格の八畳に案内しておいた千秋さんだが、戻ってみるといない。

どこに消えたのかと探すと、台所で兄貴と並んでお茶を焙じていた。

「こうやっていると、集中して雑念が消え去る。お茶の道のいいところだ」

「はあー、これも利休が考えたのかね」

おかしなやり取りをしている。

結局、焙じ茶と缶ビールと煎餅《せんべい》とチーズという、まさしく有り合わせのものを持って部屋に集まった。

お茶はよかったのだが、ビールをコップに注《つ》いでやると、千秋さんはしげしげと見ている。

「どうしたんですか」

「うん」

「初めて飲むんですか」

「うん」

優介兄貴が、じれったそうに頰《ほお》を撫《な》でながら、

「何だか、お前ら、手の込んだ『ローマの休日』ごっこでもやってるみたいだな」

がさつなわりに世間知らずだということだろう。千秋さんは、その言葉にちらっと眉《まゆ》を上げ、いきなり、ごくごくと三口ぐらいビールを飲んだ。それからコップを置き、顔をしかめている。まずいのだ。

「『ローマの休日』は観たことがありますか」

千秋さんは頷《うなず》き、

「テレビでね」

兄貴がいう。

「あれを観て憧《あこが》れて、新聞記者になった男が随分いるそうだ」

千秋さんは《へえー》と感心して、

「じゃあ、憧れて、王女様になった女の子は？」

優介兄貴は、《う》と詰まり、ややあって、

「そりゃあ、いないだろう」

千秋さんは嘆息する。

「いたって、いいのになあ」

ちょっと変わった、それだけ得難い宝石を人に見せているような不思議な気分になった。

兄貴は煎餅をかじると、

「小説、書いてるんだって」

「まあね」

「王女様でも出てくるのか」

文化的関心があるというより、こちらの説明通りに《作家》なのかどうか、裏をとっているのである。千秋さんは答えつつ、照れ隠しにビールを飲み、その内だんだん

顔をしかめなくなった。夏というのに相変わらず色白の顔が、ほんのりローズピンクに染まる。

「あのなあ、リョースケ」

「何でしょう」

「お父さん、お母さんは？」

「どちらも――。母は小学生の頃、父は五年ばかり前に」

「そうか……」

千秋さんはしばらく、手にしたコップを見つめていたが、やがてそれを置き、ちょっぴり巻き舌になりながら、《これ、宴会なんだろう？》と聞いた。

「まあ、そうでしょうね」

「じゃあ、アタシ――歌うよ」

そういうと突然立ち上がる。ふらりと揺れた体を立て直すと、目を閉じた。今という時を消し、思い出の糸を手繰っているような表情だった。そして、糸の先がどこかに行き着いたのか、可憐な唇をうっすらと開き、歌い始めた。甘美な哀愁に満ちた旋律だった。

《エンカイ》という言葉にこれほど不似合いな調べも珍しい。

よく通る伸びのある声は、夜空を舞い雲の上下を行き来するピーターパンと子供達のように、高く低く続いた。やがて、それが沈んで絶え入るように終わる。

「何という曲です」

千秋さんはただ、つぶやいた。

「……昔、よく聞いたから」

11

トイレに行くふりをして自分の部屋に入り、雑誌や新聞の下に埋もれている、埃《ほこり》だらけのテープレコーダーを引っ張り出した。入っていたテープの爪《つめ》が折れていなかったのでそのまま録音出来る。

千秋さんの歌ったメロディーを、忘れないうちにハミングで吹き込んでおいた。

車が来て帰ることになったが、お嬢様はアルコールには、ごく弱いらしい。ふらふらしている。運転手の田代さんが街灯に眼鏡のメタルフレームを光らせながら、《あ、そこはどぶが》などと、いじらしいように心配している。赤沼執事にしてもそうだが、新妻家の使用人は皆、お嬢様の大ファンらしい。きっと人徳なのだろう。

明日、世田谷に伺った時、可愛いお嬢様に酒を飲ませたというかどで、お出入り差し止めになったら困るなと思った。

黒光りするドアを開けた田代さんが《お気をつけて》といっているのに、千秋さんは乗り込む時にしっかり頭をぶつけた。

麦藁《むぎわら》帽子を渡し、一歩退き、兄貴に《今なら、倒せるかもしれないぞ》と耳打ちした。

「馬鹿な」

大きな車は、王女様を乗せて静かに走り去った。真夜中に近かった。

部屋に戻ってから確認してみた。

「さっき《馬鹿な》といったのは、《今でも勝てない》という意味かい」

兄貴は鼻で笑って、

「冗談いうな。勝てないわけがないだろう。水族園で投げられたのは、相手を小娘とみて油断したからだ。最初から心してかかれば問題じゃあない。いいか、今度あの子に会ったらよくいっとけ。《生兵法は大怪我《けが》のもと》だ」

それはその通りだ。こちらとしても心配である。出来るものなら、おとなしくしていてほしい。兄貴は、更に続ける。

「お前にいいたいこともあるんだぞ。あんな外車が迎えに来るんだ。ただの娘じゃあるまい。そこで、こんな言葉もある。《釣り合わぬは不縁のもと》」

くすぐったくなって、

「《食卓には味の素》というのもある」

兄貴は慨嘆する。

「どうも、お前という奴《やつ》は万事に真剣味が足らん」

「いや、ただの《担当》と《作家》だということさ」

兄貴は首を横に振り、

「いずれにしても、あの娘は、うちの家風に合わん」

聞き捨てならない。

「どこがいけないんだ」

「どこもかしこもだ。躾《しつけ》がなっとらん。まず、男をリョースケ呼ばわりして平気でいるところがいかん。それに何だ、あの格好は。そこにあぐらをかいて座ってたんだぞ、あぐらを」

「でも、兄貴は平気な顔して相手をしていたじゃないか」

「そりゃあ、俺の客じゃあないからな。あの子は、お前の客だ。つまりは、お前の顔を立ててやったんだ」

妙なところで恩を着せられる。こうなると、どうしても千秋さんを弁護したくなる。

「だけどな、兄貴。あの子は環境さえ変わればちゃんと《岡部さん》というんだ。それどころじゃない。兄貴のことなんか《お兄様》だぞ」

優介兄貴は、ぽかんと口を開け、眉を寄せ、それから、

「何だそりゃあ」

そこで、お嬢様の《外弁慶《そとべんけい》》について話してやった。去年の暮れ、初めてその《人格入れ替わり》の現場に立ち会った時のことが、耳に残る木枯らしの音と共に、まざまざと蘇《よみがえ》って来る。だが、兄貴の方は、こちらが期待したほど驚かない。

「ははあ、なるほど」

「びっくりしないな」

「別に。それで、お前はどっちの娘が好きなんだ」

「《どっち》っていわれても、不即不離なもんだからなあ。右の耳と左の耳みたいなもんで」

兄貴は、そこで初めて驚いた。

「何をいってるんだ、お前。そいつらが双子だって、気が付かないのか」

目の前で隅田川《すみだ》の花火でも開いたような気がした。玉やーっ！　である。

「えっ？」

「呆《あき》れた奴だなあ。家を出たか出ないかで、人間ががらりと変わるわけがないだろう」

「しかし――」

「いいか、これに対して、だ。双子というのが世の中に存在するということは、お前だってよーく知っているだろう」

「それはそうだ」

「そして、その二人の性格やら出来が、必ずしも同じではあり得ないというのも、よーく知っている筈だ。何しろ俺は、温厚篤実、公明正大、頭脳明晰《めいせき》、岡部優介だ」

「最後のは当たっている」

「となれば、どうだ」無視された。唯我独尊、というのを付け加えたらどうかと思う。

「その《岡部さん》と《リョースケ》は別人だよ。こう考えるのが、一番合理的だろう」

「二人いる？」

「そうだ。大体、お前、その変わる瞬間というのを自分の目で見ているのか」

追及して来る。

「門を駆け抜けるところは、二度見ている」

「その後は？」

「——門から顔を出すと、向かいの塀に手をかけて衝撃に耐えているんだ」

「つまり、動作は連続していないじゃないか」

「いや、そうでもないと思うが——」

「そうなんだよ。《岡部さん》が飛び出して、門の脇の隠し戸に入る。入れ違いに《リョースケ》が出てくるんだ」

「何のために？」

兄貴は動じない。

「それは当人達に聞けばいい。だから、まず現場を押さえてみることだ」

そこでチョーンと柝《き》が入り、新妻邸の前で、二人の千秋さんの袖《そで》をつかんでいる自分の姿が目に浮かんだ。舞台は漆黒の夜で三人の登場人物だけがくっきりと照明を浴びている。お嬢様方の衣装は共に白のドレス。一応はだんまりの静止画面なのだが、元気な方の千秋さんだけが蝶《ちょう》のようにパタパタと動いている。

12

林の中に入ると風が変わる。ひんやりとして気持ちがいい。湿度も昨日に比べると低いようだ。からりとしている。こうして、一歩一歩、季節は秋に近づいて行く。

「この辺りでどうでしょう」

大きな欅《けやき》の樹の前でいってみた。

「はい、お水も近いですから、ちょうどいいと思います」

千秋さんが頷く。

「お水？」

「ええ、そこが――」

お嬢様は目で林の向こうを示した。顔ほどの高さにコンクリートの壁、その上に金網の塀が続いている。

「プールですか」

「はい。――でも、小さいんです」

「コンパクトですか」

「ええ」

外出する時はボーイッシュな格好になるけれど、逆に家ではいつもドレスアップしている千秋さんである。今日のいで立ちは、涼しげな忘れな草色のスーツ。上着の裾《すそ》をレースが飾っている。襟元が広くあき、そこに氷を細工したようなネックレス。

しかし、その顔は、伏し目がちでこそあれ、どう見ても、黒い麦藁帽子の下にあったのと同じである。

「昨日、《コンパクト》といったのを、覚えていますか」

わざと説明なしで聞いてみた。お嬢様は《はい》と口を開き、そのまま無邪気に微笑《ほほえ》んだ。

「何だか、とっても、やさしそうで素敵なおうちでした。ここに岡部さんが住んでいらっしゃるんだなって思ったら、嬉《うれ》しくなったんです」

ただの家をそう思い、その思いが《コンパクト》となるのだろうか。

それはともかく、昨日の千秋さんと今日のお嬢様が別人だったら、いかに打ち合わせを綿密にしておいても、咄嗟《とっさ》にこんな答えを返す事など出来ないだろう。

風が渡り、枝が揺れ、葉が潮騒《しおさい》のように囁《ささや》いた。お魚の《おうち》は、この欅の根本に作ることになった。千秋さんの持って来た赤いスコップで穴を掘る。蟻《あり》が《何するんだよっ》というように掘りかけた土の上から、急ぎ足で逃げて行く。

あちらの木こちらの木で蟬《せみ》が鳴いている。東京ではないようだ。

穴が出来上がると、千秋さんの手から綺麗《きれい》なチョコレートの空き箱を受け取る。中箱を抜き出し、焦茶色《こげちゃ》の穴の底に置き、斜めにして滑らせ、お魚を土に寝かせた。

すべてが終わると、千秋さんはその場所に向かって手を合わせ、瞑目《めいもく》した。ややあって手を下ろすと、目をつぶったまま、小さな声で《わたし、生き物を飼ったのは初めてです》とつぶやいた。

きらめくような風が、また欅の葉を盛大に揺らした。

13

「すみません。そこで手が洗えます」

木々の間を抜けて、プールの横の小さな建物に案内してくれた。更衣と洗面が出来るようになっている。シャワーもある。

ハンカチで手を拭《ふ》きながら、プールへの階段を見ていたら、《上りますか》といわれた。そういわれたら《ええ》と答えたくなるのが人情だ。

上に出るとまた世界が変わる。コンパクトとはいっても三十メートルぐらいのプールだ。

「凄《すご》いですね。深さもかなりありそうだ」

一面に、文字通り透明感のある水色が広がっている。夏の陽《ひ》が、そのあちらこちらではじけている。

水を見るのは、気持ちのいいものだ。

「――ドナルドダックの描かれたビニールプールを引っ張り出して来て、狭い庭で一所懸命ふくらませたり、――前の日の風呂《ふろ》を抜かないでおいたりして、ぱちゃぱちゃ水遊びするのとはわけが違う」

「何です？」

「いや、子供の頃のことを思い出したんです」

千秋さんは、にこりとした。

「岡部さんにも、子供の頃があったんですね」

「そりゃあそうです」

「あのお兄様と御一緒に、ドナルドダックのプールで水を掛け合ったんですか」

「そうです」顔を近づける。「おかしいですか」

「すみません」

悪戯《いたずら》っぽく謝りながらも、千秋さんは先に立ってプールの縁を歩きだしてしまう。肩が小さく揺れている。

「まだ、笑っていますね」

「いいえ」

千秋さんは嘘《うそ》つきだ。

一周した後、入り口近くのベンチに腰を下ろした。上には日よけが出ている。

「昨日は、お兄様、びっくりなさったでしょうね。とんでもない娘が、いきなり現れたんですもの」

「いや、暴漢をやっつけてくれたんですから、警視総監賞をあげてもいいくらいだと——」

「おっしゃっていました？」

「思ったろうと、思います」

「まあ」千秋さんは、空の雲を見た。「……ああいうところを見られたのは、やっぱり羞《は》ずかしいんです。でも、お兄様って岡部さんと同じ顔をしていらっしゃるでしょう。だから今日は、自分でも意外なくらいに落ち込んでいないんです」

「僕に見られるのは、もう平気ですか」

「どうでしょう。《もう仕方がない》とあきらめたのかもしれません」

やはり千秋さんの意識としては、こちらのお嬢様らしいお嬢様でいる時が《本体》なのだ。そこで、その《本体》に例の双子の件について聞いてみる。

「あなたには、御姉妹《ごきょうだい》はいないんですか」

「はい、ずっと一人です」

これで間違いないと思う。何となく安心しながら、仕事の話に入った。もう一編書いたら本になるかも知れないというと、さすがに千秋さんは喜んだ。

「それにつきまして、編集部の左近という者が《一度お目にかかりたい》といっているのですが」

「外で、でしょうか。それとも、いらしてくださるのでしょうか」

左近先輩を連れてこちらに伺うつもりだった。しかし考えてみれば、千秋さんと《揃《そろ》って門を出る》きっかけになるではないか。そうすれば間違いなく、確証がつかめる。

「どうでしょう。どこかでお食事でも御一緒しながら、というのは」

「それは――失礼があっては困りますので」

「大丈夫ですよ」根拠がない。「善は急げで、明日にでもいかがです。僕がお迎えに上がります」

「でも――」

しぶっている千秋さんを見て、ふと思いついた。一緒に外に出たのが二回、共に何らかの《謎《なぞ》》にからんでだった。《謎》なら今回も立派にあるではないか。

「そこでですが、左近の姉が、デパートの警備をしています」

「はい？」

千秋さんはきょとんとして、大きな目を一層大きくする。構わず一気にCDについての奇妙な話をしてしまう。

「いかがです。左近はこの件でずっと首をひねっているのです。そして、あなたは間違いなく名探偵です。打ち合わせと併せて、この問題も解決出来ませんか。何なら揃って現場に行ってみましょう」

お嬢様は目をしばたたいている。類《たぐ》い希《まれ》な働きをする頭の、歯車が動き出したようだ。

「あの――その時から急にCDの盗難が増え始めたんですよね」

「ええ、そうなんです」

「だったら——」

「分かりますか、今の話を聞いただけで！」

驚くというより、呆《あき》れてしまう。何という娘だろう。

「分かる、というより、こう考えるしかないのかな、というだけのことなんですけど」

「それを左近に話して下さい」

一刻も早く聞きたくもあるが、それでは連れ出す口実にならない。

「はあ……」

千秋さんはネックレスをいじり出す。これはこれでよしとして、すばやく話題を切り替えてしまう。

「よく泳ぐんですか」

「《泳ぐ》なんて立派なものじゃあないんです。水浴びみたいなものです。自己流ですから」

「習っていないんですか」

「わたし、……あんまり、学校に行ってないんです」

「あ」

集団生活にはなじまない千秋さんなのだ。

「――とすると、先生は赤沼さんですか」

「いえ、水泳は違うんです。赤沼は泳げないものですから」なるほど、いかにも腕力のありそうな執事だが、水にまで強いとは限らない。「本をプールの縁に広げておいて独修したんです。子供用のいちいち漫画で説明してある本でした」

専門家に来てもらえばと思うが、家庭教師にしても相手を選んだのだろう。

「それは危ないですね」

「いえ、赤沼の足の立つところでやっていましたから、溺《おぼ》れることはありません。いざという時には助けてくれますから」

「水を大分飲んだでしょう」

「でも、飲み干したりはしませんでした」

「プールをね」

「ええ」

揚羽蝶《あげはちょう》が飛んで来て、

プールの上をひらりひらりと舞い始めた。浮世離れした気になる。

「《水泳は違う》という、他の——例えば護身術は、やっぱり赤沼さんが教えてくれたんですね」

「はい」

そうだと思っていた。そこで聞きたかったことがある。

「いつ頃から、勝てるようになりました」

千秋さんは横を向いて《さあ》といい、今度は

向こうから話題を替える。

「月の綺麗な夜に、一人で泳いでいると、気持ちがいいんですよ」

「何か、不思議な気分になりそうですね」

「ええ、特に風のある時です。水にぽかんと浮かんで空を見ているんです。淡いところや濃いところ、ぼかしたようだったり墨のようだったりする雲が次々に流れて行く。そうすると、月の方が急いで走って行くみたいです。いつまで見ていても飽きません。世界中で、わたしだけがお月様と会っているような気になります。話しかけたら、何か答えてくれそうなんです」

千秋さんはそんな時、実は《引力》というこの世の法則には内緒で、こっそり宙に浮かんでいるのではないか。

「なるほど、……月下の水浴ですか。絵のようですねえ」

千秋さんは、ぽっと頰を染めた。

「あの――」

「え？」

「――いえ、何でもありません」

お嬢様は俯《うつむ》いた。こちらは更に感慨をこめて、

「そうか、月下の水浴か！」

千秋さんは、そこで意を決したように顔を上げ、

「あの――」

「何です」

「確かに《水浴びみたいなもの》とは、申し上げました。でも、もし――そんなことをお考えなら、そんなことはありませんから」

「はあ？」

お嬢様は首筋まで真っ赤になりながら、消え入るような声で、やっといった。

「わたしだって、水着ぐらいは持っています」

14

会社に着くと、まず『音楽世界』の編集部に向かった。クラシックの雑誌である。

《記事の関係で歌曲について確認したいことがある》といったら、徳丸《とくまる》という妙にやせた男が出て来てくれた。

千秋さんの《宴会》の歌について聞くのである。覚えて来たメロディーを口ずさむ

と、相手は嫌な顔をした。

「大分、ゆがんでいますね」

「そうかも知れません。音感のいい方ではないもので。とにかく、何だか分かりますか」

「そりゃあ、分かりますよ、ポピュラーな曲ですから。フォーレです」

「ほーれ？」

手に入りにくい物でも見せびらかされているようだ。

「違いますよ。ガブリエル・フォーレ、フランスの作曲家です。歌曲は百ぐらい作っています」

さすがに、専門家である。

「なるほど。で、これは？」

「『夢のあとに』という曲です。つまりは、《恋しい人の夢を見た》という歌ですね。旋律が綺麗だから、チェロやバイオリンでもよく演《や》ります。男も歌うし、ソプラノも歌いますよ」

「はああ。で、これを、あちらの言葉で歌う人というのは、まずいないでしょうね」

「いや、歌手なら普通にいるでしょう」

「あ、そうか。——母親がソプラノ歌手、あるいは歌手志望で、この歌がお気に入りなら、いつも口ずさんでいた、ということだってあるわけだ」

「何ですか」

「いえ、こちらの話です」

感傷的なメロディーをハミングしながら、廊下を歩いた。もっとも、千秋さんのようにはいかない。フォーレ先生が気を悪くするぐらいに変形されて『夢』ならぬ『悪夢』になっていたのかも知れない。

編集部に入る。一目見て、びっくりした。

左近先輩が、かくんと首を前に落として背を丸くしている。落ち込んでいるのだ。およそ似合わない。

「どうしたんです、先輩。失恋でもしたんですか」

「……馬鹿ね」

お得意の挨拶《あいさつ》だが、力がない。

「例の覆面作家のことですが——」

先輩はゆっくりと頭を上げ、

「ああ、フクちゃんがどうかしたの」

「本にする件ですよ。ちょっと、お茶でも飲みながら打ち合わせしませんか」

先輩は力なく《そうね》と立ち上がった。

何せ、相手は世界社をしょって立つ（と自称する）左近雪絵である。落ち込んでいられては職場が暗くなる。会社の前の喫茶店に入り、早速聞いてみた。

「どうしたんですか」

「ハハ、わたしは元気よ。見ての通り」

「何いってるんです。僕だって聞くことなら出来ます。話すと楽になるかも知れませんよ」

「岡部君、やさしいね」

「やさしさの権化《ごんげ》ですよ」

レモンスカッシュのストローをいじりつつ、左近先輩は話し出した。

「花絵のことなの」

「お嬢さん？」

「そう、昨日は出張明けだったから、あの後すぐにうちに帰ったのよ。塾があるから、花絵はまだ帰っていなくてね」

「はあ」

「何げなく部屋に入ったら、机の上に『アンの青春』なんて置いてあるじゃない。懐かしくなって、手に取ったのよ。そうしたら——」

先輩はいいよどむ。

「そうしたら？」

「お札が一枚、挟んであったの。万札よ。だけど、うちの小遣《こづか》いは月の頭に二千円渡すの。それが使っているうちに百円玉や十円玉になったというのならともかく、逆に大きくなるのは変でしょ。勿論、特別なものを買う時には別に出すけれど、最近はそんなこともなかったわ。ＣＤも急に増えてるの。あれなんか、単価もかなりでしょう。どうしたのかと思ったら、目の前が暗くなっちゃって——」

これは深刻である。ごく平凡な意見を述べてみた。

「アルバイトをしていたんじゃないですか」

「そんな話はなかったし、隠れてやるにしても何しろまだ中学一年でしょう」

「雇ってくれるのは大体高校生からですか」

「そうでしょう。それに時間だって、塾とかもあるからまとめては取れない筈《はず》なのよ。で、気になるのが姉さんなの」

おかしなことをいう。

「月絵さん？」

「そう。あの子、姉さんにはよくなついていて、昔っから姉さんが来ると側《そば》を離れないぐらいだったの」

「結構なことじゃありませんか。焼《や》き餅《もち》を焼いちゃあいけません」

「違うのよ」先輩はもどかしそうな顔になる。「姉さんの仕事が仕事でしょう。万引きの手口で意表を突いたのや、これはうまい、というのに当たることがあるのよ。それを、うちに来ては話していたの」

これには腕を組んで、《うーむ》と唸《うな》ってしまった。左近先輩の話は続く。

「——聞いてる分には、とっても面白いの。びっくりの連続だもの。不可能を可能にする手品の種明かしみたい」

「それはよく分かります。手口の巧妙な犯罪小説を読むようなものですね」

先輩は頷き、今度は逆に首を横に振りながら、

「でも小説を楽しむのと《現実》はまったく違うからね。花絵には、そんなことをするのが、どんなに恥ずかしいことかは前以《まえもっ》てたたき込んでおいたつもりなのよ。姉さんからも、わたしからもね」

「なるほど」

「捕まった子供達の様子なんかも、姉さんは、そりゃありアルに話していたわ。警備員室に連れて来ると、ショックで本当に口がきけなくなる子や、ソファーに横になったままずっと痙攣《けいれん》していた子もいたんだって。濡《ぬ》れタオルで汗を拭いてやったり、なだめたりして、まず落ち着かせる。それから懇々と諭《さと》すわけよ。そういった姉さんの苦労を聞いているんだから、花絵に限って間違いはないと安心していたの。それが何だか、ぐらついてきちゃって」

「お金のことは、問いただしたんですか」

「まだなの。おかしなことはないだろう、という気が今も半分以上するし、様子をみたいの」沈み込み、それから、むきになって、「ちょっとよ、勿論、ほんのちょっとの間だけね。《変だ》となったら、容赦しないわ」

そして、レモンスカッシュに取り掛かった。安易な気休めもいえない。

間が悪いとは思いつつ、

「お姉さんといえば、昨日のCDのことですけれど――」

こんな状態の左近先輩でも関心を示した。捜し物があると、見つかるまではどうにも腰が落ち着かない。あれと同じで、解決のつかない問題を抱えているのは、誰でも嫌なものなのだ。そして、答えが見つかりそうになると少しでも早く知りたい。

月絵さんの勤めるデパートは山の手線の駅前にある。左近先輩は、明日三時頃には体が空く。そのデパートの喫茶店で落ち合うことにした。現場を三人で見て月絵さんにも会い、その後、本の打ち合わせをするという計画である。

15

新妻邸のただでさえ長い煉瓦《れんが》の塀が昼下がりの暑さのせいで、どこまでも、どこまでも、どこまでも続く幾何学模様のように見える。夏に伸びるのはレールだけではないのかも知れない。

もっとも、中にはあの林とプールまであるのだから、ちょっとやそっとの塀では囲いきれないわけだ。

煉瓦模様の途切れたところに大きな門がある。ベルに応《こた》えて、いつもの和服の人が現れる。林の中の道を先導されて、西洋館の玄関まで来ると、赤沼執事が待っていた。例によって正装している。しかし、執事さんの方はクーラーの効いた室内にいるのだ。襟巻きにどてら姿で湯気の立つラーメンを食べていたって不思議はない。

「お迎えにあがりました。このまま、お連れしたいのですが」

西洋風だが、玄関は履物《はきもの》を脱ぐようになっていて段差がある。赤沼執事はその場で膝《ひざ》を折り、こちらを見上げる形になると、

「御苦労様でございます。お上がりいただかないのも失礼とは存じますが――」

「いえ、本当にお構いなく。ただ、一つだけ――」声をひそめる。「お嬢様の来る前に、お聞きしたいことがあるのです」

「はい？」

「お嬢様は、いつ頃からあなたに勝てるようになりました？」

赤沼執事は一瞬何のことか分からないようだった。しかし、すぐににんまりする。

《よくぞ、聞いてくれました》という顔だ。そして、ぬうっと顔を近づけ、

「それは忘れもしない、十五歳の三月二十七日、薄曇りの春の日でございました」

「ほお」

「わたしめが右から繰り出したストレートを、こう、おかわしになると――」

「何のお話ですの」

《おかわしになると》の《わしになると》の辺りで、千秋さんが現れた。

「いえ、――鷲《わし》になると鷹《たか》よりは大きいようなんです」

外に出る。光の中で、純白のブラウスがまぶしい。きりりとした紺のキュロット。短くまとめた頭には、この前の夜とは打って変わって真っ白なボルサリーノを被《かぶ》っている。

「鳥のお話ですの」

「ええ、可愛い鳥の話です。木が多いので、きっといるだろうと思いまして」

「そうなんです。お洒落《しゃれ》さんもいれば、悪戯《いたずら》っ子もいますのよ。朝の光が生まれたばっかりの頃から、もう窓のところに来て《起きてよ、起きてよ》とうるさいぐらいに鳴くんです」

千秋さんはにっこりする。

歩きながらも、いささか緊張する。今まで同様、お嬢様が外に出る時には、誰もついて来ない。

門を開けるとその場に立ち、邸内と表の通りの両方に目をやり、

「どうぞ！」

お嬢様はボルサリーノの縁をつかむと、一陣の風のように、その境界線を越えた。

ただ、今回はその風にお供がついていた。千秋さんと併走してこちらも走り、前の石塀に、大手を広げてタッチした。それどころか勢い余って顔まで着きそうになる。

「わっ」

熱気を吸った石が熱くて、声を上げてしまった。千秋さんはポンとはじけるように塀から離れると、呆《あき》れたように、

「何やってんだ、リョースケ！」

16

途中、電車の中の立ち話で、左近先輩の人となりと業績について説明した。お嬢様は、

「つまり、センスあるんだ」

「ええ、その人に認められたんですから、自信を持っていいと思いますよ」

「リョースケは？」

「僕だって、センスもあるし、認めてもいます」

「こりゃあ、《えへん》だぜ」

千秋さんは胸を張った。周囲の視線がそれとなく集まる。あまりにも可憐《かれん》な容姿のせいで、ちぐはぐな言動が目立ってしまうのだ。

「そういえば――」

左近先輩の《心配》について話してみた。千秋さんは形のいい眉を寄せ、

「うーん、確かにそいつは気になるなあ。アタシもね、お店なんかでおかしな奴見かけると、軽く注意するんだけどさあ」

「はあ、軽くね」

「うん。たまには居直る奴もいるけどさあ」

「命知らずですね」

「何？」

「いえ、つまりは居直らない方が多いわけですね」

「そう。大概はおどおどして、この世の終わりみたいな顔するよ。だからさ、殆《ほとん》どの奴はきっかけさえあればやめると思うんだ。――捕まればね」

デパートの三階にある喫茶店では、もう左近先輩が待っていた。こちらに手を上げて合図を送って来たが、昨日以上に浮かない顔をしている。

紹介がすんだところで、

「どうしたんです」

「――花絵が駅にいたのよ」

「そこの駅ですか」

「そうなの。出掛けに《ちょっと遅くなるから》といって、花絵の今日の予定も聞いたの」中学生なら夏休みである。「そうしたら、一日、うちで勉強してるっていったのよ。それなのに」

「無理をいっちゃあいけません。花絵さんだって生きてるんですよ。午後になって気分が変われば買い物にぐらい出るでしょう」

「うちは大宮《おおみや》よ。買い物だったら、あの子は大宮で済ますわよ」

「そうとも限りませんよ。埼京線《さいきょう》でここまで一本でしょう」

「だって、中学生がお金をかけてわざわざ東京まで――」

左近雪絵も人の親である。いつもとは別人のようだ。少々ほろりとしながら、確認してみる。

「第一、本当に花絵さんだったんですか」

「大宮から来たところらしくて、反対側のホームにいたの。人込みの中に紛れてすぐに見えなくなったけど、間違いっこないわ。絶対に花絵よ」

「どうもあやしいな。まあ、いずれにしたって、花絵さんにいろんなことを聞くきっかけになると思えばそれでいいじゃありませんか」

先輩は自分にいい聞かせるように《そうね、そう考えるわ、そう考える》と繰り返し、次いで、

「——何だか、わたし、自分の知ってる花絵の他に、もう一人の花絵がいるような気になったの。それって、とっても不安で、何より淋《さび》しいのね」

どきりとする言葉だ。先輩は、そのまま、千秋さんに、張り付けたような笑顔を見せた。

「お作にはいつも感心していますわ」

「いやあ」

千秋さんは取り敢《あ》えず、誉められた小学生のような顔をした。

「それに今度は、姉の疑問に答えを出していただけるそうで」

「そういわれると困っちゃうな。正解かどうか分からないよ。まあ、いってみりゃあ、答えの一つだよね。で、それについてさ、お姉さんに聞いてみたいことがあるんだ」

昨日から行き違いになっていて、月絵さんとはまだ連絡が取れていないそうだ。私服を着て各階を流しているらしい。

後で本部に行ってみることにして、まずは現場を見てみようということになった。

《お足元にお気を付け下さい》とか《ベビーカーの御使用は御遠慮下さい》などとい

う放送がエンドレスで聞こえてくるエスカレーターに乗り、CD売場に向かう。

途中に電気製品のコーナーがあり千秋さんがビデオカメラに手を振ったりした。どこもかしこも混んでいる。

CDのコーナーは、クラシックが手前で、奥の方には若い連中がお玉じゃくしの群れのように群がっていた。

先輩の足が停《と》まった。

「——花絵」

かすれ声と同時に、こちらにも分かった。先輩をそのまま小さくしたような、愛嬌《あいきょう》のある鼻におでこの娘が、目の前のお玉じゃくしの中心にいた。その途端、

「こらっ、何するんだ、お前っ！」

店員の罵声《ばせい》が飛んだ。花絵さんのすぐ後ろにいた怒り肩の若い男だった。《あっ》と声を上げ、花絵さんは逃げようとし、その手を店員がつかんだ。花絵さんの体のどこからCDが落ちたらしく、それが床に当たる硬質の音がした。自由な方の手が空をきり、《何とかセール》という吊《つ》り広告の厚紙にぶつかった。花絵さんは、その手で顔を覆った。

お玉じゃくしの群れは綺麗に左右に割れ、驚きと非難と嘲《あざけ》りの目が、花絵さんの一

身に注がれた。

身がすくんだ。

よりによって、何という間の悪さだろう。左近先輩の気持ちを思うと、この場に連れて来た自分を呪《のろ》ってやりたくなった。

引き立てられる花絵さんの泣き声にかぶせるように、千秋さんがつぶやいた。

「ああ、……よかった」

先輩が立っていたら、お嬢様に殴り掛かったかも知れない。それぐらいの男気は持っている。

しかし、そんな余裕はなかった。左近先輩は、すっと天井を向き膝を折った。失神したのである。

17

「僕はてっきり捕まって《よかった》といったのかと思いましたよ」

鮨《すし》をつまみながらいうと、千秋さんが口をとがらした。

「何をいうんだよっ。どうしてアタシが、そんなことというんだ。それじゃあアタシは鬼か悪魔じゃないかっ」

どん、とテーブルをたたく。

「こんな可愛い悪魔サンだったら、ちょっと誘惑されてもいいんじゃない。ね、どう、岡部さん？」

これは月絵さん。

「いや、だって電車の中で、《捕まらなけりゃ直らない》っていったでしょう。だから——」

千秋さんは、フンといってお茶を飲み、

「言い訳したって、無駄さ」

「言い訳じゃありませんよ。説明ですよ」

月絵さんは執り成すように、

「ともかく、殴り掛かられなくてよかったわねえ」

「まったくです。殴り掛かっていたら、と思うとぞっとしますね」

ニュアンスは大分違う。そこで、花絵さんが聞く。

「でも、どうしてお芝居だって分かったんです」

「そりゃあ分かるよ。わざわざ、埼玉から伯母《おば》さんがガードウーマンやってるデパートまで金かけてやって来て、そこで万引きする奴がいるかい。それに、あんな修羅場《しゅらば》なんてデパートで見たことないだろう。万引きだって分かったら《ちょっとこっちへ来て下さい》というのがマニュアルさ」

「よくご存じですね」と、専門家。

「うん、アタシ、もうどうしようもないような悪い奴、捕まえて、逆にお店の人に怒られたことがあるんだ。今はそんなやり方はしないんだってさ」

よっぽど過激だったのではないか。

花絵さんは、舌を出し、

「それに、わたしの演技が下手だったんでしょう」

「そう、あんな泣き方ってないよ。《おー、おー、おー》って子供あやしてるみたいだったぜ」

左近先輩は不満そうである。

「あら、わたしにはもう悲痛の極みに聞こえましたけど」

母親の有り難さである。千秋さんも、これには勝てない。

「それはともかくさ、わたしにはあの時、分かったんだよ。伯母さんが警備やってるのに、なかなか万引きがなくならないんだろう。だから、《ああ、これがバイトなんだな》ってピンと来たよ」

18

月絵さんが、弁明する。

「でも正確には、アルバイトということで始めたんじゃないんですよ。後を絶たない万引きのことを話して嘆いていたんです。そうしたら、この子が意を決して《おばさん、わたしが捕まるよ。おとりになる》って胸をたたいてくれたんです。《おとり》というのは変ですけれどね」

「《見せしめ係》かな」

「そうですね。実際、小学生、中学生ぐらいが、そういう現場を見たら、やはり大変なことなんだと実感するでしょうから」

「びびるよ、そりゃあ」

「ええ。で、迷いましたけれど、結局、身内の気安さで、《やってみようか》と返事したんです。最初に玩具《おもちゃ》売り場でやりました。マークしているグループのいる真ん中で、わたしに《捕まって》もらったんです。小学生のおてんばグループでしたけど、それが効果覿面《てきめん》だったんです。次が先月、コミックのコーナーです」

「まあ」左近先輩は唸《うな》る。

「その都度、お菓子ぐらいは御馳走《ごちそう》しました。でも、今、人件費といったら大変です。それを、いくらボランティアだからって、お菓子だけでごまかしてちゃあ申し訳ない。実際、目に見えて効果があるわけですから、御褒美《ごほうび》にお小遣いをあげようと思ったんです」

「最初は断ったんだよ、わたし。《そんなつもりじゃないから》って。だけど、《夏のお年玉よ》なんていわれて、ついその気になっちゃったの。まあ、正直なところ、ないよりあった方がいいもの。いろいろと物入りですからね」

「どうして、それを親にいわないのよ」

と、先輩がたしなめる。

「だって、やっぱり《捕まる》のって格好悪いじゃない。わたしだって、《これを見てやめてくれる子がいたら》と思うから出来るんでさ。そうでなかったら、いやだよ。親になんか知られたくないよ。それに三回だけ、今日でもう終わりの約束だったし」

「それにしたって、駄目。いわなかったのは、いけない」

「はい、すみません」

月絵さんも一緒に頭を下げた。左近先輩は、そこでごくりと唾《つば》を呑《の》み、

「だけど、あなたの部屋のＣＤ、随分数が増えてるわよ。あれはどうしたの」

「バイトのせいよ。その御礼代わりに手持ちのＣＤや本を現物で貰《もら》ったりするの――

――」

先輩は、またまた目を見開く。

「あなた、一体、何やってるのよ」

「わたしが学校でやってるのは《愛の写真屋》と《愛の宅配便》」

これには千秋さんも含めて一同、首をかしげる。花絵さんは《まいったなあ》というように、説明を始める。

「《写真屋》はね、好きな男の子や女の子の写真を撮《と》ってあげるの。原則として、これは実費をいただきます。内容もバラエティーを考えて構成するのよ。登校の時とか、休み時間とかね。《アイドル写真集》の日常生活版よ。左近花絵出版の特別企画。撮られる方もニヤニヤしながら、大体協力してくれるのよ。《今、俺、『写真集』作ってるんだ》なんてね」

今度は、一同あっけにとられる。左近先輩は溜息《ためいき》をつき、

「呆《あき》れた、そんな請《う》け負いやってるの。じゃあ《宅配便》てのは、彼氏に品物でも届

けるの」

「うーん、ちょっと違うんだな。憧《あこが》れの人の消しゴムとか、そういったものを、いい出しかねてる子に代わって貰って来てあげるの。第三者だとわりと気楽に出来るのよ。こっちは殆《ほとん》どサービスね。《写真屋》の副業」

「気持ち悪いことするのね。自分の消しゴムが、どこかで誰かに頬擦《ほおず》りでもされてるかと思うと、ぞっとするわ」

「ほしがる方の立場で考えてよ。ボタン貰うとか、ああいうの昔からあるじゃない。宝物よ。机の上に置いて見てるだけで《うふふ》と笑いがこみ上げてくるものよ」

「あなたも夜中にそんなことしてるの」

「さあ、どうでしょう」

「いずれにしても、お母さんは感心しない。ものを貰ってやるんだったらやめなさい。そういう商売は大人がやればいいの」

「そういわれると思ったわ。誰がやっても出来るって仕事じゃないよ。企画力とセンスが勝負。それで、皆なに喜ばれてるんだけどなあ」

需要がある、ということも勿論《もちろん》だが、まずそういう《作品》を作るのが楽しくて仕方がないのだろう。

「駄目っ。ほしい人には自分で勝負させなさい！　その代わり、お小遣いをアップします」

花絵さんはそこで、にこっとしてVサインを出した。

お茶が来る。

月絵さんの案内で、お鮨屋さんに来ているのだ。御主人が相撲《すもう》好きらしく、番付や、力士のサイン入りの写真があちこちに貼《は》ってある。味もなかなかで、一同満ち足りた気分になった。

そこで月絵さんである。彼女は眼鏡をかけている。それ以外は、左近先輩によく似ている。花絵さんと併せて、《一族》だとすぐに分かる。その眼鏡を軽くかけなおすと、いよいよ、

「ところで、例の件ですけれど、何かお考えがあるとか」

「うん」

一族の目が千秋さんに集まる。無理もない、揃って首をひねって来たことなのだ。

「いくら調べても見つからない。出入り口を通り直させてもブザーが鳴らない。――そうだったよね」

「はい」

「だったら、単純明快。その子はＣＤを持ってなかったんだよ。そうとしか考えられないだろう」

月絵さんは不服そうだ。

「でも、それじゃあブザーが鳴るわけありません」

「だから、《その子は》といったじゃないか」

「そんな――」

月絵さんは、がっかりしたような声を上げた。月絵さんだけではない。一族が揃って抗議の目をしている。《がんばれ、千秋！》と手に汗を握ってしまう。父母会で我が子の発表を見ている親も、こんな気になるのではないかとも思う。しかし無情にも月絵さんはいい切る。

「一緒に出た子なんかいませんよ。それは絶対に確かなんです」

千秋さんは動じない。

「入って来た子は？」

「は？」

「は、じゃないよ。入った子さ」

「……だって、そんな馬鹿な。防犯シールの付いたCDを持った子が、外から来るなんて」

千秋さんはそれを受けて、

「思わないだろう？　人が入れ違いになって、その時ブザーがなったら、絶対に出て行く方を捕まえるよ。当ったり前だよね。だからね、というより、だからこそ、入って来た子なら《透明人間》になれるわけじゃないか」

月絵さんは、セカンド牽制球《けんせいきゅう》がキャッチャー・ミットに収まるのを見たバッターのような顔をした。

「それは——そうです。わたし、出て行く子のことしか考えませんでした」

花絵さんが、《見直した》という目になりながらも、

「でも、どうして、そんなことを？」

「単純に考えれば、盗んだ子が気がとがめて返しに来た、ということになるだろうさ」

「あ、なるほど」

「でも、その出来事があってから盗難が増え出したっていうんだから、別の考え方をした方がいいんじゃないかな」

「他にも考えられるんですか」

千秋さんは、こくん、と頷《うなず》く。聞いていて、こちらも気分が高揚して来る。うちの娘は出来がいい。千秋さんはいう。

「防犯レーザーの位置を調べるためだとしたら、どうだい」

月絵さんが《あっ!》と声を上げた。千秋さんは続ける。

「売り場の形によっては、盲点というか、まったくブザーの鳴らないところが出来るんじゃない?」

左近先輩と花絵さんが、専門家の方を見る。月絵さんは頷き、

「そうなんです。出入り口が一つの、壺型《つぼがた》の売り場なら完全にチェック出来ます。でも、階の中央にあって口が四方に開いている場合はそうとも限らないんです。盲点も出来ることがあるんです。――でも、あれは本質的に、お客様を捕まえるためのものじゃありませんから、それでいいんです。《持ち出せば鳴るんだ》という意識さえ持っていただければいいわけなんです。でも――」

「その隙《すき》まで突いて来られたら、ちょっと困るね」

「そうですね。単に小物を売り場から持ち出すだけなら、方法はいろいろありますから」

花絵さんが、すかさず愛嬌《あいきょう》のある鼻を突き出す。

「古典的なのはね、バッグの底にガムテープを輪にしてつけるんだよ。つまり両面テープにするわけね。そこに張りつけて出る《釣り出し》。ちょっと考えた子が紙袋を上げ底にして、下に同じ仕掛けをしたんだって。でも、これは駄目。紙袋ってのはね、持って入っただけでお店の人のチェックが厳しいんだ。だから、一番いいのは——」

「花絵、よしなさい。そういうことはしゃべらない約束でしょう」

左近先輩がたしなめた。花絵さんは首をすくめて、

「はあい」

これぱかりは一族の秘密である。

千秋さんは、元に帰り、

「たまたまお店の人が、買ったCDのシールをはずし忘れたとする。そのまま出たのにブザーが鳴らなかったら、盲点があるかも知れないと気づくよね。今度は他のお店でも、それを探すようになる。

手に入れたシールを持って《入れ違い》のやり方でチェックすれば、すぐに持ち出

し可能ルートの確認が出来る。一回の実験でつかめなかったら、またやり直すのさ。そのためには、もう一回シールを外に出さなくちゃいけない。だけど、単にシールだけのことなら難しくないよね、目立つものじゃないんだから。出入り口以外のところから売り場の外に放ったっていいんだ。

《入れ違い》の相手は、関係のない第三者でもいいし、仲間でもいい。

この場合どっちなのかは分からない。だけど、すごんだりしたところを見ると、わざとグループの一人が捕まえられて警備陣をからかったんじゃないかな」

そこまで、すらすらと話して、大きな茶碗《ちゃわん》のお茶を、こくんと飲む。

左近先輩は眉を寄せた。

「まるで何かを攻略するゲームみたい。いずれにしても、そんなことが平気で出来る子なんて、考えると哀しいわねえ」

花絵さんが母親の顔を覗《のぞ》き込み、励ますように、

「ま、わたしは大丈夫だから安心してください。何てったって、お母さんの子だからね」

千秋さんは、厚手のお茶碗から立つ湯気の向こうで、少しだけまぶしそうな顔をした。

20

食生活というのも、男二人だと変化に乏しい。今日はイタリア、明日は中国、という世界旅行も、あまりしない。飲むのはビールかお茶。酒のつまみが、次の朝のおかずになる。朝はパンだと落ち着かないので、交替で飯だけは炊く。

「兄貴」

昨日は優介兄貴は午前様だった。いつ帰って来たか知らない。朝、起きるともう梅干しで飯を食っていた。冷蔵庫にあったつまみはカマンベール・チーズだけだったから、さすがにおかずにならない。

「何だ」

「お嬢様は一人だったぞ」

兄貴は《何だ》と繰り返した。昨日のことを説明してやる。兄貴は話の間に朝食を終え、茶碗に焙じ茶を注ぎ、茶柱が立っていないか観察し、それからゆっくりと味わう。

「そうか。つまらんもんだな、人生なんて」

今度は、こっちが《何だい》と聞いた。

「——いや、あんな娘が、もう一人ぐらいいたって別に構わんだろうに。おい、それはともかく、風呂と洗濯、ちゃんとやっておけよ。今日はお前のリョースケだからな」

「リョースケ？」

兄貴は茶碗を置き、つまらなそうにいった。

「知らないのか。ドイツ語で担当のことをリョースケというんだぞ」

21

「お嬢様、世界社の岡部様でございます」

耳慣れた柔らかな返事が返って来る。ドアを開け、赤沼執事が一礼して去る。型通りの儀式である。

部屋の中には、もう一足先に窓から初秋の風が忍び込み、千秋さんの髪をくすぐっていた。その風の悪戯を見つめながら、声をかけた。

「空気が変わりましたね」

「はい」

窓際に立っていた千秋さんは、ちらりと外に目をやる。春までは蜜柑《みかん》色だったカーテンも、夏から秋には露草色に替えられていた。それが額縁のように左右に引かれている。

横顔を見せたお嬢様は、相変わらず、パーティ会場にいるような装いである。だが、壁には飾り暖炉、天井からはシャンデリア風の照明器具まで下がっているというこの部屋では、それがさしておかしく見えない。結婚式場に花嫁がいるようなものである。

桔梗《ききよう》色のドレスが、きっちりと爽《さわ》やかに身を包んでいる。袖《そで》のギャザーとリボンが浮《うわ》つかず、口元の清潔な幼さと釣り合っている。

「早速ですが、タイトルはお考えいただけましたか」

千秋さんの三作目が出来上がり、いよいよ出版の運びとなる。そこで、書名を考えてもらうことになっていたのだ。

千秋さんは口ごもると、椅子《いす》を勧め、お茶の用意にかかる。もじもじしている。基本的に打ち合わせは《リョースケ》の時より《岡部さん》の時の方がやりやすいのだが、あまり内気なのももどかしい。

「レモンにしますか、それともミルクに？」

「そういう題ではないのでしょう？」

つい意地悪になってしまう。

「ええ……」

「レモンをお願いします」

あらかじめのスライスではない。千秋さんは部屋の中でレモンを切る。小さなナイフでサクリサクリと切る。新鮮な香りがすっと立つ。

カップは白で、受け皿と内側が、収穫したトウモロコシの元気な色に、ほんの少しだけクリームを混ぜてやさしくしたような黄色だった。それに紅茶を注ぎ、前に置いてくれながら、小さな声で、

「……『トリコロール』」

聞き返してしまう。

「『トリコロール』ですか」

「……お話が三つ集まって、一冊の本ですから」

「うーん。ちょっとインパクトがない。本の題じゃありませんね」

千秋さんは、自分の席につくと《駄目でしょうか》と俯《うつむ》く。

三色旗、――一人の千秋さん、二つの心、三つの物語、という言葉が順に頭に浮かんだ。そしてまた、千秋さんが一枚の旗ならば、二つの心に挟まれた真ん中の色は何色なのだろう。それは千秋さん自身にも分からないのだろう。

「持ち帰って検討してみましょう」

「お願いします」

「ところで、連想が働くということは――もっと食べたかったんですか」

千秋さんは顔を上げ、幸せそうにゆっくりと微笑《ほほえ》む。

「はい、好きなんです。アイスクリーム」

紅茶にレモンを浮かべると、ぱっと明るく色が変わる。

「そういえば、あの事件のことですが――」

千秋さんは、香りをつけるだけで、すぐにレモンを引き出してしまう。レモンは受け皿の上に眠る。

「はい」

「機械を動かして、警報の鳴る場所を替えてみたそうです。そうしたら、たちまち女の子が捕まった。問い詰めてみたら、おっしゃる通りのことが行われていたそうです」

原稿は送ってもらったし、あれ以後、千秋さんと会う機会はなかった。電話の打ち合わせも仕事のことに終始していたのである。

「──そうですか」

「嫌な出来事でした。でも、少しでも早く解決出来てよかった。犯人達のためにもね」そこで調子を替え、「実はあの頃、兄がおかしなことをいい出したんですよ。あなたのことでね」

お嬢様は、きょとんとする。

「何ですの」

《千秋さん二人説》を話してやる。受けた。

「本当だったら面白いでしょうね。プールで、わたしとわたしが競泳出来ますわ」

「見たいものですね」

あの頃の左近先輩はいつもの左近先輩ではなかった。先輩の目に花絵さんが二人いるように見えたりもした。

いずれにしろ、《誰々はこんな人間》と単純に割り切れる筈などない。そして千秋さんの場合には、それが劇的に現れるだけなのだ。

「わたしとわたしが泳いだら、どちらを応援してくださいます？」

「さあ、それは難しい」

お嬢様は首をかしげるようにして、

「こちらのわたしじゃないんですか」

「負けそうな方、負けそうでも泳いでいる方を応援しましょう」

「《ファイト》って？」

「ええ」

紅茶を飲み終え、持って来た包みを出す。

「何ですの」

「プレゼントです。出版のお祝いかもしれない」

渡しながら、ちらりと部屋の一隅を見た。夏まで《お魚》の水槽があり、その前にはピアノの置いてあったところだ。絨毯《じゅうたん》に、今もそれぞれの跡が、くぼみとなって残っている。

「開けて、よろしいんですか」

「どうぞ」

千秋さんは紅茶茶碗を脇に動かし、プレゼントを前に置いた。真剣な顔である。いってやる。

「爆弾じゃありませんよ」

お嬢様は大きな瞳を上げて、その眼で微笑んだ。そして、しなやかな指が包みの紐《ひも》をほどき出す。

「三千二百円です。三千二百万のが贈れればいいけれど、そうもいきませんから」

千秋さんは、小さく叫び、その口を手で覆った。

「どうですか」

答えず、千秋さんはじっとそれを見つめている。

玩具のピアノである。赤く塗られた蓋の上には、子供の本から抜け出したような絵が描いてあった。ダンスをする兎と熊と狐である。玩具でも、前のように黒光りするグランドピアノにしたかった。だが、あいにく売っていたのはこれだけだった。

「また——」

弾いて下さい、とまでは押し付けがましくて、いえなかった。しかし、千秋さんは唇をぎゅっと結び、やがてこくんと頷き、小さなピアノを宝物のように静かに持ち上げた。

その時、描かれた動物は楽しげに踊り出し、音の箱からはほろほろと旋律がこぼれるように思えた。

解説

気配りと頑固さと

宮部みゆき

本格原理主義者。

ここ数年、わたしたちの年代のミステリ作家仲間のあいだでは、北村薫さんをこの尊称でお呼びするという習慣が定着してしまいました。なぜそういうことになったのかという経過については、綾辻行人さんの対談集『セッション』（集英社）や大沢在昌さんの対談集『エンパラ』（光文社）のなかに収録されている北村さんのトークと語録を参照していただくのが、いちばん正確かつ手っ取り早いと思いますので、ここでは長々しい説明を避けます。が、「原理主義者」なんていうと、即「テロリストだ！」（笑）と思ってしまわれると困るので、北村さんは確かに本格原理主義者ではあるけれど、だからと言って推理作家協会の要人を誘拐したり、協会書記局で爆弾テロを起こしたりはしていませんし、今後も一切する気遣いはありませんから、ゆめゆめ誤解のありませんよう——とだけ申し上げておきます。

今回、角川文庫に初お目見えとなりました本書『覆面作家は二人いる』からスタートした「覆面作家シリーズ」も、本格原理主義者がものするのにふさわしい、正統的な本格推理小説であります。このシリーズは、北村さんのデビュー作『空飛ぶ馬』で登場した、噺家《はなしか》の春桜亭円紫師匠と女子大生の「私」の名コンビに次ぐ二番目のシリーズということになりますが、お嬢様の千秋さんと、彼女の担当編集者良介氏のコンビは、登場した途端に、円紫師匠と「私」のコンビに匹敵する人気を獲得しました。

北村さんはもうひとつ、『冬のオペラ』（中央公論社）で登場した〈名探偵〉巫《かんなぎ》弓彦と姫宮あゆみという名コンビをも擁しておられ、同業者としてのミヤベは、ため息をつかずにはいられません。北村薫氏は、どうしてこう次から次へと魅力的なシリーズキャラクターを創造することができるのだろう？　北村さんの書斎には、どんな妖精《ようせい》が隠れているのだろう？

実は、本書の解説を書くことをお引き受けしたときには、現時点でのミヤベが思う「北村薫小論」みたいなものを、ちょっと書いてみたいなあ……などと目論《もくろ》んでおりました。もちろん、評論にはまったく素人のミヤベでありますから、「論」と言っても、熱心なファンのひとりとしての北村作品に寄せる想いを書き綴《つづ》るだけのものになるわけですけれども。

ところが、本書のゲラ刷りを手元にいただく前に、国書刊行会から出版された『本格ミステリの現在』という評論集を読みましたところ、そのなかに、加納朋子さんの手になる大変優れた「北村薫論」が収録されており、その内容に、深くうなずき感動するところが多々あったものですから、これはもう、今さらミヤベが書くまでもあるまいと、気持ちを切り替えることにいたしました。

さらに、本書が角川書店の本であるということにも、ミヤベは思いを至しました。角川書店と言えば横溝正史賞を主催する出版社。しかも、わたくしミヤベは、光栄なことに、昨年度からこの横溝正史賞の選考委員を務めさせていただいております。もちろん、ひとりで務めてるんじゃありませんよ。選考委員は四人おりまして、他のお三方は、内田康夫さん、綾辻行人さん――そして、本書の著者北村薫さんです。

そこで、ミヤベは丸顔と丸い頭で考えたわけであります。今回、『覆面作家は二人いる』の解説をお引き受けしたのは、千載一遇の機会だ――北村さんの愛読者には、今さら解説文など不要だし、これから愛読者になるという人にも、作品の本編さえ読んでもらえれば余計な解説なんか要らないんだし、ここはひとつ思い切って、対象読者を絞って――そう、今回の解説は、「北村薫氏の、前述した三つの本格推理小説のシリーズ作品を読み、感銘し感動し、このような作品を書きたいと志し、北村薫氏に読んでもらいたいと思って横溝正史賞に応募しようと思っている方」向けに書いてみたらどうだろう？　実際、北村さんが開いたミステリの新しいドアは、多くの新しい書き手を差し招いてきましたし、これからずっともそうでしょう。ですから、ミヤベがここでこういう試みをするのも、まるっきり無駄ではないかと——

と、口上は勇ましいですが、実は、大したことは書けないのですね。

なぜならば、理由のひとつに、ミヤベ自身は、逆立ちしても北村氏の生み出しておられるような美しい本格推理小説を書くことができない——ということがあります。また、ミヤベは本格推理小説の洗礼を受けるのが遅かったので、本格が好きだけれど、原理主義者のピュアなハートは持ち合わせることができずにいる——ということもあります。

それなら、威勢のいい口上なんか言うんじゃないよ！　と叱《しか》られそうですが、そこはまあ、お立ち会い、ちょっと聞いてくださいまし。

ミヤベが思うに、円紫師匠や、千秋さんや、巫弓彦のような名探偵を創造し、「私」や「良介」や「あゆみ」のような優れたワトソン役を配置して、深い謎《なぞ》とその解決を綴った物語を書いてみたい——そういう衝動に突き動かされ、筆をとるとき、あるいはパソコンやワープロのスイッチを入れるとき、たったひとつだけ、でも絶対に忘れずに、思い出さなければならないことがあるのです。

それは――その作品を創りあげるあいだじゅう、可能な限り、力の及ぶ限り、「親切」であるように心がけるということ。

それは誰に対しての「親切」か？　無論、登場人物のひとりひとりに対してです。主役はもちろん、脇役《わきやく》のどんな小さな役回りしかない人物に対しても、作者は親切でなくてはならない。丁寧でなくてはならない。言葉足らずであってはならない。自身の創作物のなかにあっては作家は神であると、よくそう言われます。でも、すっかりその気になって「神だ！」とそっくり返っていたのでは、創作物は出来上がりません。作家はむしろ、作品という舞台劇の脚本家兼演出家なのです。「名探偵」の役を振り当てた役者には、どうしたら名探偵になれるか、一緒になって役作りをしてあげなければなりません。「被害者」役の役者には、殺される場面ばかり熱心に演出するのではなく、それ以前のささいなシーンでも、彼または彼女の人生が浮かび上がってくるように、立ち位置から台詞回《せりふまわ》しまで、丁寧に考えてあげなければなりません。脚本と配役表を渡しただけで、後はてんでに工夫して役作りをしろとか、俺が「お前は名探偵だ」と言ったらお前は名探偵なんだから、役作りなんかしなくていいとか、そんな乱暴なことでは、創作物は死んでしまいます。もっともっと、親切に、まめにならなくては、演出家＝作家は務まりません。少なくとも、観客＝読者が喜んでくれる芝居を打つことは難しいでしょう。

あるいは、親切になることはあたかも「甘い」ことで、そんなことでは自分の志はまっとうできない、親切＝妥協だと思う方もいるかもしれません。いえ、断じてそんなことはない。その見事な証拠が、北村薫さんの作品群なのですから。

　本格原理主義者の強固な意思と、きめの細かい親切さ、行き届いた気配り。そのふたつが揃《そろ》って、北村薫の本格推理ワールドをつくりあげています。これが二本の柱なのです。北村さんに憧《あこが》れて筆を持つミステリ作家志望の皆さん、どうぞ、このことを心の真ん中に刻んでください。きっと効き目はあるはずです。なぜならば、今これを書いているミヤベもまた、仕事に行き詰まったときなど、北村作品に触れることで、あたかも初心に返るように、このことを心によみがえらせ、元気づけてもらっているのですから。

※この解説は一九九七年刊行の角川文庫『覆面作家は二人いる』に収録されました。

本書は、一九九七年十一月に小社より刊行された自社文庫に加筆修正し、イラストを収録のうえ改版したものです。

覆面《ふくめん》作家《さつか》は二人《ふたり》いる

新装版《しんそうばん》

北村《きたむら》 薫《かおる》

平成９年 11月25日　初版発行
令和元年 ５月25日　改版初版発行
令和６年 11月15日　改版５版発行

発行者●山下直久

発行●株式会社KADOKAWA
〒102-8177　東京都千代田区富士見2-13-3
電話　0570-002-301（ナビダイヤル）

角川文庫 21616

印刷所●株式会社KADOKAWA
製本所●株式会社KADOKAWA

表紙画●和田三造

●お問い合わせ
https://www.kadokawa.co.jp/（「お問い合わせ」へお進みください）
※内容によっては、お答えできない場合があります。
※サポートは日本国内のみとさせていただきます。
※Japanese text only

ISBN 978-4-04-108169-3　C0193

角川文庫発刊に際して

角川源義

第二次世界大戦の敗北は、軍事力の敗北であった以上に、私たちの若い文化力の敗退であった。私たちの文化が戦争に対して如何に無力であり、単なるあだ花に過ぎなかったかを、私たちは身を以て体験し痛感した。西洋近代文化の摂取にとって、明治以後八十年の歳月は決して短かすぎたとは言えない。にもかかわらず、近代文化の伝統を確立し、自由な批判と柔軟な良識に富む文化層として自らを形成することに私たちは失敗して来た。そしてこれは、各層への文化の普及滲透を任務とする出版人の責任でもあった。

一九四五年以来、私たちは再び振出しに戻り、第一歩から踏み出すことを余儀なくされた。これは大きな不幸ではあるが、反面、これまでの混沌・未熟・歪曲の中にあった我が国の文化に秩序と確たる基礎を齎らすためには絶好の機会でもある。角川書店は、このような祖国の文化的危機にあたり、微力をも顧みず再建の礎石たるべき抱負と決意とをもって出発したが、ここに創立以来の念願を果すべく角川文庫を発刊する。これまで刊行されたあらゆる全集叢書文庫類の長所と短所とを検討し、古今東西の不朽の典籍を、良心的編集のもとに、廉価に、そして書架にふさわしい美本として、多くのひとびとに提供しようとする。しかし私たちは徒らに百科全書的な知識のジレッタントを作ることを目的とせず、あくまで祖国の文化に秩序と再建への道を示し、この文庫を角川書店の栄ある事業として、今後永久に継続発展せしめ、学芸と教養との殿堂として大成せんことを期したい。多くの読書子の愛情ある忠言と支持とによって、この希望と抱負とを完遂せしめられんことを願う。

一九四九年五月三日

角川文庫ベストセラー

Another (上)(下)　綾辻行人

1998年春、夜見山北中学に転校してきた榊原恒一は、何かに怯えているようなクラスの空気に違和感を覚える。そして起こり始める、恐るべき死の連鎖！　名手・綾辻行人の新たな代表作となった本格ホラー。

霧越邸殺人事件〈完全改訂版〉(上)(下)　綾辻行人

信州の山中に建つ謎の洋館「霧越邸」。訪れた劇団「暗色天幕」の一行を迎える怪しい住人たち。邸内で発生する不可思議な現象の数々…。閉ざされた〝吹雪の山荘〟でやがて、美しき連続殺人劇の幕が上がる！

深泥丘《みどろがおか》奇《き》談《だん》　綾辻行人

ミステリ作家の「私」が住む〝もうひとつの京都〟。その裏側に潜む秘密めいたものたち。古い病室の壁に、長びく雨の日に、送り火の夜に……魅惑的な怪異の数々が日常を侵蝕し、見慣れた風景を一変させる。

深泥丘《みどろがおか》奇《き》談《だん》・続《ぞく》　綾辻行人

激しい眩暈が古都に蠢くモノたちとの邂逅へ作家を誘う。廃神社に響く〝鈴〟、閏年に狂い咲く〝桜〟、神社で起きた〝死体切断事件〟。ミステリ作家の「私」が遭遇する怪異は、読む者の現実を揺さぶる――。

Another エピソードS　綾辻行人

一九九八年、夏休み。両親とともに別荘へやってきた見崎鳴が遭遇したのは、死の前後の記憶を失い、みずからの死体を探す青年の幽霊、だった。謎めいた屋敷を舞台に、幽霊と鳴の、秘密の冒険が始まる――。

角川文庫ベストセラー

マリアビートル　伊坂幸太郎

酒浸りの元殺し屋「木村」。狡猾な中学生「王子」。腕利きの二人組「蜜柑」「檸檬」。運の悪い殺し屋「七尾」。物騒な奴らを乗せた新幹線は疾走する！『グラスホッパー』に続く、殺し屋たちの狂想曲。

AX アックス　伊坂幸太郎

超一流の殺し屋「兜」が仕事を辞めたいと考えはじめたのは、息子が生まれた頃だった。引退に必要な金を稼ぐために仕方なく仕事を続けていたある日、意外な人物から襲撃を受ける。エンタテインメント小説の最高峰！

今夜は眠れない　宮部みゆき

中学一年でサッカー部の僕、両親は結婚15年目、ごく普通の平和な我が家に、謎の人物が5億もの財産を母さんに遺贈したことで、生活が一変。家族の絆を取り戻すため、僕は親友の島崎と、真相究明に乗り出す。

夢にも思わない　宮部みゆき

秋の夜、下町の庭園での虫聞きの会で殺人事件が。殺されたのは僕の同級生のクドウさんの従妹だった。被害者への無責任な噂もあとをたたず、クドウさんも沈みがち。僕は親友の島崎と真相究明に乗り出した。

過ぎ去りし王国の城　宮部みゆき

早々に進学先も決まった中学三年の二月、ひょんなことから中世ヨーロッパの古城のデッサンを拾った尾垣真。やがて絵の中にアバター（分身）を描き込むことで、自分もその世界に入り込めることを突き止める。

角川文庫ベストセラー

おそろし
三島屋変調百物語事始
宮部みゆき

17歳のおちかは、実家で起きたある事件をきっかけに心を閉ざした。今は江戸で袋物屋・三島屋を営む叔父夫婦の元で暮らしている。三島屋を訪れる人々の不思議話が、おちかの心を溶かし始める。百物語、開幕！

あんじゅう
三島屋変調百物語事続
宮部みゆき

ある日おちかは、空き屋敷にまつわる不思議な話を聞く。人を恋いながら、人のそばでは生きられない暗獣〈くろすけ〉とは……宮部みゆきの江戸怪奇譚連作集「三島屋変調百物語」第2弾。

泣き童子
三島屋変調百物語参之続
宮部みゆき

おちか1人が聞いては聞き捨てる、変わり百物語が始まって1年。三島屋の黒白の間にやってきたのは、死人のような顔色をしている奇妙な客だった。彼は虫の息の状態で、おちかにある童子の話を語るのだが……。

三鬼
三島屋変調百物語四之続
宮部みゆき

此度の語り手は山陰の小藩の元江戸家老。彼が山番士として送られた寒村で知った恐ろしい秘密とは!? せつなくて怖いお話が満載！　おちかが聞き手をつとめる変わり百物語、「三島屋」シリーズ文庫第四弾！

あやかし草紙
三島屋変調百物語伍之続
宮部みゆき

「語ってしまえば、消えますよ」人々の弱さに寄り添い、心を清めてくれる極上の物語の数々。聞き手おちかの卒業をもって、百物語は新たな幕を開く。大人気「三島屋」シリーズ第1期の完結篇！

角川文庫ベストセラー

宮部みゆきの江戸怪談散歩
責任編集／宮部みゆき

物語の舞台を歩きながらその魅力を探る異色の怪談散策。北村薫氏との特別対談や〝今だから読んでほしい〟短編4作に加え、三島屋変調百物語シリーズにまつわるインタビューを収録した、ファン必携の公式読本。

ブレイブ・ストーリー（上）（中）（下）
宮部みゆき

ごく普通の小学5年生亘は、友人関係やお小遣いに悩みながらも、幸せな生活を送っていた。ある日、父から家を出てゆくと告げられる。失われた家族の日常を取り戻すため、亘は異世界への旅立ちを決意した。

鬼の跫音
道尾秀介

ねじれた愛、消せない過ち、哀しい嘘、暗い疑惑――。心の鬼に捕らわれた6人の「S」が迎える予想外の結末とは。一篇ごとに繰り返される奇想と驚愕。人の心の哀しさと愛おしさを描き出す、著者の真骨頂！

球体の蛇
道尾秀介

あの頃、幼なじみの死の秘密を抱えた17歳の私は、ある女性に夢中だった……狡い嘘、幼い偽善、決して取り返すことのできないあやまち。矛盾と葛藤を抱えて生きる人間の悔恨と痛みを描く、人生の真実の物語。

透明カメレオン
道尾秀介

声だけ素敵なラジオパーソナリティの恭太郎は、バー「if」に集まる仲間たちの話を面白おかしくつくり変え、リスナーに届けていた。大雨の夜、店に迷い込んできた美女の「ある殺害計画」に巻き込まれ――。